随感録

現実の感受法と熟視のために

tateishi haku

立石伯

深夜叢書社

目次 contents

カバー絵
ウンベルト・ボッチョーニ
Umberto Boccioni
"*States of Mind : Those Who Go*" ,1912
The Metropolitan Museum of Art

装丁
髙林昭太

随感録

現実の感受法と熟視のために

立石　伯

その一

「テロリズム」について

わたしは少・青年時に、石川啄木の詩歌や評論などの書物をたびたび繙いていたのを思いだす。そのうちにはもとより「呼子と口笛」詩篇もふくまれていた。それら詩歌の韻律とモチーフをわたしなりの読み方において、啄木の青春と思惟の特質について考えるところがあったのである。ただし、その後の読書・執筆生活において、わたし自身の考察対象の差異のために、啄木の書物や認識などからなんとなく離れることになった。もとより、「性急な思想」や「時代閉塞の現状」などの核心は念頭から去ることはなかった。それから半世紀以上の年月が経っている。そのあいだ、特に彼の詩的世界に隔絶した想いを感じつづけていたのである。

近年「テロリズム」という言葉が世間に氾濫していて、バスや電車に乗ってすら聞くことがある。こういう事態に違和感がありながらそのことの核心を本質的に考えねばならぬと感じたとき、ふと啄木世界に想いがとんだ。あれらの詩篇のうちに「ココアのひと匙」があった、と突然ひらめくように思い浮かべられたのである。念のためにその一聯目を引用しておく。

われは知る、テロリストの
かなしき心を——
言葉とおこなひとを分ちがたき
ただひとつの心を、
奪はれたる言葉のかはりに
おこなひをもて語らむとする心を、
われとわがからだを敵に擲《な》げつくる心を——
しかして、そは真面目《まじめ》にして熱心なる人の常に有《も》つかなしみなり。

（『石川啄木全集』筑摩書房版）

この韻律や抒情には、精神とこころの強靱さと弱さと、暴戾な力や人を抑圧するものにたいする独特の強い反感や克服の意志が秘められている。そしてなによりも、その当時においても世間の認識として違和感を呼び起こしたであろう「テロリストの／かなしき心」という発想が現在ほとんど失われているということをも連想したからであった。

この詩は明治四四（一九一一）年六月の日付をもっている。この詩が、歌いあげている小世界は、さまざまな連想を喚起する。啄木にあって、直接的には前年に幸徳秋水ら無政府主義者が「大逆事件」で逮捕されたことがあろう。かれらは世界史の流れのなかでまっとうだと考えたものの主張に対する報復的な逮捕と裁判という悪辣な虚構に取りこまれた。そして、四四年に死刑判決後まもなく刑が執行され、さまざまな意味において不可解ともいえる出来事が生じていたのであった。啄木は知人を介してこの事件の真相を解明すべく奔走した。その結果として「日本無政府主義者陰謀事件経過及び付帯現象」、「A LETTER FROM PRISON」という稀有なすぐれた記録と思索の文章をまとめた。この仕事の大概はきちんと分析したいが本論からはずれるので割愛する。その深刻で大きな憤怒と悲哀のなかで、この詩篇は創出された。そこにはロシア革命前史・初期に見られたテロリズムと国家的暴力の大きな構図が背後に影絵のごとく動いていたというべきであろう。

この「大逆事件」の報知は永井荷風までをも巻きこんだ。彼を現代世界から〈江戸戯作者の世界〉へと連れ去ったのもよく知られたことである。永井荷風が幸徳事件に係わる馬車を目撃して日本の近代文学のあり方ないしは当時の文学者に失望して、江戸世界へとそれていき、そこに親炙したというのは、荷風認識の一つとしてその文章をもとに云々されることである。荷風にはもともと江戸趣味が潜在していて、その事件がきっかけになったのか、それを口実にして本来の自己の求める世界へと沈下していきたいと考えたのか、さまざまに想像できることである。文学世界に政治的な色彩を持ちこむのに異を唱える人々は、荷風にそのような性癖があり、現実的な一つの出来事をきっかけにして、ジャスティフィケーションしながら江戸的な世界へとのめりこんだとしたいようであった。そのような認識が日本文学研究者・評論家などの一つのありようをよく示していることにほかならない。いくらかの論評における可否をここでは云々しないが、わたしはいささか疑問をいだいていることだけを記しておく。それをわざわざ批判的に引きあいにだすまでもないからである。平野謙が森鷗外、永井荷風、石川啄木の文学的・思想的特質をこの事件との関わり方で明解にしたのも一定の論拠を有していた。念のために荷風の「花火」(「改造」大正八年一二月)を引用でしめしておきたい。

明治四十四年慶応義塾に通勤する頃、わたしはその道すがら折々四谷の通で囚人馬車が五六台も引続いて日比谷の裁判所の方へ走つて行くのを見た。わたしはこれまで見聞した世上の事件の中で、この折程云ふに云はれない厭な心持のした事はなかつた。わたしは文学者たる以上この思想問題について黙してゐてはならない。小説家ゾラはドレフユー事件について正義を叫んだ為め国外に亡命したではないか。然しわたしは世の文学者と共に何も言はなかつた。わたしは何となく良心の苦痛に堪へられぬやうな気がした。わたしは自ら文学者たる事について甚しき羞恥を感じた。以来わたしは自分の藝術の品位を江戸作者のなした程度まで引下げるに如くはないと思案した。その頃からわたしは煙草入をさげ浮世絵を集め三味線をひきはじめた。

（『荷風全集』岩波書店版、ルビは省略）

わたし自身は荷風の右の述懐を率直に聞いておきたい。この「花火」の結末で「目に見る現実の事象は此の年月眈りに眈つた江戸回顧の夢から遂にわたしを呼覚す時が来たのであらうか。もし然りとすればわたしは自らその不幸なるを嘆じなければならぬ」と韜晦するのも解りやすい消息である。

わたしが「テロリズム」について考えようとしたきっかけは右にのべたが、ところで、これまで五〇数年間のうちにもわたしの知りうる出来事がすでに何度かあった。一つは一九六〇年の第一次日米安保改定反対闘争等に係わるさまざまな出来事に発していた。ここではその当時発生した政治的・具体的なテロリズムにかかわる事件を対象にしない。そのような事件は人の記憶するところであり、さまざまに論評されてきたものである。

いま問題にしたいのは、具体的事件ではなく、それらを本質的に考察し直す手掛かりをあたえられた発想についてなのである。その当時、モーリス・メルロー＝ポンティの『ヒューマニズムとテロル』（昭和四〇年七月改訂版、現代思潮社刊）やドストエフスキイの『悪霊』のシャートフ殺害等の政治的・思想的な問題に直面することになった。それから時代がすこし経った頃に、つまり七〇年前後に一部の左翼的集団による内部ゲヴァルトにかかわる事件が頻発した。埴谷雄高、高橋和巳らはそれ以前に小説とともに政治的思想や革命思想などについて明快な論文を発表していたが、それらの考察とは別の動機において、彼らの文章の一部がまとめられた。埴谷雄高編纂による『内ゲバの論理――テロリズムとは何か』（昭和四九年一一月、三一書房刊）という書物の出版であった。これらは歴史的省察やより広範な暴力や具体的な出来事を介在させた独特な視点からの認識が語られたのである。これらについてはのちに検討することにする。

ところで、近年、世界のあちこちで市民やほとんどなにも関係のない人々を傷つけたり殺害したり、市民の居住地域を爆撃したり、博物館や公共施設などを破壊する人々の行為が目立っている。大量殺人も、武装した集団の手によって行われている。ここ数年は残念ながらそれらの反人間的、狂信的な発想による暴行が減少するどころか、増大し、頻発していると感じられる。それをジャーナリズムやメディアの世界などではある教義に執着する宗教集団やある国家に反対する一組織の戦略的なテロリズムなどと称して論評している。「グローバル」化が進展している二一世紀の政治世界のなかで国境線をまたがったテロリズムと称して意味づけようとしている。わたしは安易なグローバリズム理解や国境あるいは国家という既成の観念に賛同しがたい考えがあり、果たしてそうであろうか、そのような概念が成立するのか、とこれらの見解に違和感を覚えている。世界制覇を諦めたにしても、大量破壊兵器・核兵器を背後にして、それに類する力を及ぼしていこうとしている強大ないくつかの国家群がある。それらには明確で牢固とした現実的利益の擁護や守旧的なイデオロギー遵守の傾向が断片的にであれうかがわれる。あるいはまた、国家体制の如何を問わずそれを強固にするために、また政治的・経済的な権力を掌握している現体制を維持・固持するために、直接的には表面化されない陰湿な抑圧的な力をふるう影が透けて見えるような気がするからでもある。したがって、その反動として、それらのイデオロギーや教義に反抗する人々が発生することになるようにみえる。

わたしは無益で無思想なテロリズムの悪無限的な拡散傾向に安易な結論めいた考えを提示しようとしているのではない。テロリズムについては、わたしなりの一定の認識が醸成されている。自分の書いた小説について注釈するのは避けたいがあえてこの禁を犯す。わたしは『朔風』(一九九四年六月、オリジン出版センター刊)という小説で、幾人かの左翼運動体験者のある年月が経過した後の感じ方、生活のあり方、人間観、未来認識などについて書いた。他の芸術的モチーフとともに政治論、テロリズムもその一つのモチーフとして構成されていた。

埴谷雄高氏はその小説の帯で「現代は、ひとびとが屢々いうごとくに、『解体と風化』をしていないことを、この作品によって立石伯は強く提示している。とはいえ、現代のオブローモフも人民の意志も、嘗てのそれらと確然と異なっているといえるほどには、先行きの景観の何も見えぬのである。現実は作品についてくる、といった種類のより力強いつづきを、作者は是非とも書かねばなるまい」とコメントされた。作品の一面の指摘であるとはいえ、貴重な批判である。ただしその後、わたしは「つづき」に該当する小説をかいてはいない。この作品のつづきではなく、さまざまな文学的・思想的な問題はまったく異なる性質の作品でしか表現できないだろうと感じていたためである。それに、「現実は作品についてくる」という類いの作品は、そのようであれば幸いだと思うものの、そういう作品はきわめて稀なすぐれた創造物であり、書くのは困難をきわめるものではあるまいか。また、わたしの敬愛する中薗英助氏は、この作品を「重たい、粘着力のある文体で過去に追われる実存を深く追及して、ジョーゼフ・コンラッドの『西欧の眼の下に』を思わせるものがある。いかなる組織であるか判然としないという批判もあるようだが、ぼくはむしろカフカ的な状況の謎となっているところを評価したい」(「読書日録」、「読書人」一九九五年一月)と親切に論評された。「カフカ的な状況の謎」のような表現、その本質的なあり方も、「現実は作品についてくる」類いの作品と同じく、書けるものならば書いてみたいものである。けれども、カフカの『城』のような謎があるとして、これとて結果的に招来されるもので、表現作業には相当な困難をともなうものに相違あるまい。

さて、心理的・感覚的な怖れ、脅威、不安などは人性としてそなわったもので、わざわざテロルとは呼ぶ必要はない。感受性のあり方の範疇にあろう。二足歩行のホモ・サピエンスが発生し、共同で生活しはじめて以来、日々に随伴しつづけてきた感性であろう。生きていくうえで生ずる何かへの怖れ、おびえ、不安、懸念、脅威などの感じや想いなどとして発するものに相違ない。したがって、きわめて日常的なものである。それらは単にテロルで、それの一定的な意味づけがされたテロリズムとは名づけようがなかっただけである。命名されないにしても日常的な感受性として、承認・否認するにせよ一般的な現象として生じている。したがって、予測されるのは、共同生活を営み、そこで幾人かの他者と関係を持ちはじめて以降の集団的な関係性のなかで形づくられるものであろう。あるいは、ひとびとの怖れなどの感覚は日常的な関係性のなかでのある違和感や齟齬に属するものに連なっていったということになろう。

ここで検討しなければならないテロル、テロリズムを概念づける前に、ある国における内戦、内乱などはともあれ、飛躍的な論理展開になろうが、近代における戦争観を一瞥しておくのが論の展開に便宜であろう。さて、戦争論として古典的なクラウゼヴィッツの『戦争論』がすぐさま想起されるが、森鷗外がそれを翻訳したのはきわめて象徴的である。鷗外は明治三二年に陸軍軍医監に任命され、第十二師団軍医部長となり、小倉へ配置された。いわゆる小倉への左遷である。彼はそこで日本においては、もっとも早い時期に『戦争論』を師団将校のために翻訳しながら講義したのであった。ドイツに派遣されて研鑽をつんだ鷗外にとっては、専門の衛生学ばかりでなく、近代における戦争の考え方を日本の軍隊においてもきっちりと把握させたい、と思慮したに相違ない。彼の使命感である。

クラウゼヴィッツの戦争観は他の手段をもってする政策の延長である、としばしば要約されている。それは次のような考え方である。鷗外が「大戦学理」と訳した『戦争論』中の「戦争の本質　一　何をか戦争と謂ふ」の節題だけをまず引用する。「W　然りと雖も戦争は真面目なる目的に対する真面目なる手段なり戦争は政略の継続にして他の手段を用ゐる者なり」、「X　戦争には数多の種類あり然れども皆政略上行為たることを失はず」として、詳細に論じられたものである。鷗外訳は一般的にいって解り辛いので、右の項に該当する部分を日本クラウゼヴィッツ学会による翻訳（芙蓉書房出版刊）でみておく。「第一編　戦争の本質について」の「第一章　戦争とは何か」の一項目に該当する。

二十四　戦争は他の手段をもってする政策の継続にすぎない
　したがって、これまで見たように、戦争は、政治的行為であるばかりでなく、本来政策のための手段であり、政治的交渉の継続であり、他の手段をもってする政治的交渉の遂行である。そこで、戦争に固有のものはといえば、戦争の手段の独自性に関するものだけである。（後略）

クラウゼヴィッツの考え方は、戦争についてじつに詳細にわたっていて、参考にすべきことはいろいろあるといいうる。鷗外もそれに着目していたはずである。右に引用した限りでいえば、「戦争は他の手段をもってする政策の継続にすぎない」という認識だとして、ところで、現在では「政策」と称されるものが複雑多岐に分離している。また、政策（政治）についての観念が変化の激しいものだというからである。

もう一つ本文の「第二章　戦争の目的と手段」をみておきたい。戦争が「複雑で変化しやすい性質」をもつものであるのと同じく、戦争が「政治的目的達成のための適切な手段」だと規定しながら、つぎのように主張している。

> 最初に、われわれは、再び戦争の純粋な概念を取り上げてみよう。すると、戦争の政治的目的は、もともと戦争の領域外にあると言わねばならない。というのは、戦争が敵にわが意志を強要するための力の行使であるとするならば、敵の撃滅、すなわち敵の無力化がそのための常にまた唯一の手段だからである。

したがって、「一国を無力化する」（以下傍点略）ということは、「軍事力、国土及び敵の意志」を区別しながら考察していかねばならないと論をすすめるが、「戦争の政治的目的は、もともと戦争の領域外にある」ということから、戦争そのものに関する検討を中心に展開することになる。つまり、政治的目的と戦争の実際的遂行は、別のものというのだから、さしあたり右の点をあげておくだけで十分であろう。いうまでもなく、彼の分析可能な諸事例などや当時の国際関係なども考察されている。右の分析はほんの始まりであり、この書はじつに全八編よりなるが、ただし、これ以降は戦略、戦術や戦争の計画などが論じられるしくみとなっている。

ところで、クラウゼヴィッツ的な戦争観は、二〇世紀になりすくなからず変質した。この世紀当初にロシア革命を領導したレーニンの「帝国主義論」で提出された戦争観以降、相当変化してきたというべきである。レーニンは植民地を獲得し領土を分割する帝国主義列強の戦争は、不正義の戦争であるとする。そのような国家権力に抑圧されている非抑圧者たちにはそれを武力によって覆す正義の戦争があると主張したのであった。したがって彼は、帝国主義戦争を内乱に転化して権力者・抑圧者を打倒する革命を遂行するという考え方を提示した。ロシア革命の過程においては、その時点で一定の説得力を有していた戦略であったということができる。たとえそうであれ、思想的・政治的状況からして世界革命など予測できない現在である。また古典的な意味において社会主義革命の可能性や見通しのない国際的な状況下ではすでに有効性のない戦争観であり、古典的になった戦争戦略の見取り図だというしかあるまい。まえもって断っておけば、わたしの観点からは正義あるいは不正義の戦争などありえない。平和のための戦争がないのと同様である。ヒットラーの演説には平和という言葉が多い。現在も平和、正義、善、聖なるものなどのために戦争や核兵器の開発をするなどという現実的政治家を僭称する為政者たちが世界中にいる。そのような者たちが虚偽や無恥や無知を棚に上げて大声で正義や平和などを主張するのは、もはや滑稽でしかない。にもかかわらず、それらはそれ以前はもとより、第一次大戦以降もやはり常に権力者とその追従者たちのよりどころとなっている。

現代においては、「戦争」概念の徹底的な変革が求められているのである。その場合も、戦争廃棄、権力的抑圧弾劾、テロリズム否定の方向でしかとりあげてはならない。核兵器を中心にした大量破壊兵器は地球を破壊するであろうし、地球上の土地ではなく、その者たちは今度は宇宙の惑星を問題としかねないであろう。人間的叡智が追いつかないというよりも叡智そのものを失っている。つまり、叡智の喪失こそが「戦争」や「テロリズム」を惹起する。その時、これらこそは変革さるべき国家的・抑圧的テロリズムとして否定するしかないであろう。

再説するまでもなく、第二次世界大戦以降、古典的な近代戦争観が無効になっている。第二次世界大戦、特に日本やドイツなどの敗戦国の歴史的推移を見るならば、戦争は政策・政治の延長ではなく、その失敗ないしは無能力、あるいは歴史的方向性や未来の人間観についての洞察力の欠如などに起因する。そのために常識的な知を笑殺する狂信的な集団が生まれ、それらが政治の表面におどりでることになる。したがって、ドイツにおいてはナチスの帝国建立などに近似のイデオロギーに対応した戦争が遂行された。それに対して、対戦した国家群も大量破壊兵器の発明、相手国の殲滅など、彼ら自身が定めた国際法なども無視した戦争戦略や手段が採用された。その矮小化された、そしてもっとも悲惨なかたちはアメリカ合衆国による広島・長崎の原子爆弾の使用、ドイツ・ナチスの絶滅収容所による一民族や政治犯などにたいする大量殺人などである。スターリンの恐怖政治も同じ役割を演じた。日本、ドイツの諸都市にくわえられた、アメリカ軍、イギリス軍などの空襲爆撃もその一つであろう。とはいえ、空襲は日本軍も中国の都市に対し、ドイツ軍もイギリスの都市などに対しておこなったのであり、日本、ドイツの当時の戦争遂行者達の報復的な愚昧で反人間的な暴挙が複合的にそれらを招来させた点は否定できない。

さらに別の観点から考えてみよう。戦争とテロリズムとは基本的に異なった概念である。しかし、近年のテロリズムにかんする動向のうちのいくらかは、戦争の退嬰的なかたちとしてあらわれている。あるいは、軍隊・戦力・武力、兵器などによって、自らのイデオロギー的な主張による領土・資源などの獲得や世界的な軍事的動向のなかでの覇権の確立を狙っているとしかいえないような複雑な融合型の性質のものまで散見される。古い観念の実行でしかないというべきであろうが、ある国家における意図的な戦争遂行と国家的なテロリズムが混合されている。例示するまでもなく、一九九〇年代のバルカン半島で猛威を揮った諸民族間同士のジェノサイドも典型的な事例であろう。というのも、民族間、国家間における明確な交渉、外交目的の設定や民族・国家利益の追求に限定性が失われて、戦争か権益の追求か曖昧なままに悪利用されているからである。今日、民族間の紛争か、戦争なのか、国家の隠微なテロリズムなのか見分けがたい状況がつくりだされているのではあるまいか。

これまであまりにもテロリズムの概念が曖昧なままに使用されているので、ここで、たとえば、J＝F・ゲイロー、D・セナ著、私市正年訳『テロリズム』（クセジュ文庫、二〇〇八年七月、白水社刊）で説かれているテロリズムの発祥とその考え方を顧みておくことにしたい。

> フランス革命は現代テロリズム——最初にその実体を、次にその名称を——を生みだした。
>
> 一七八九年、フランスが発見したのは、近代民主主義というよりは政治的恐怖であった。革命家たちは人間性の進歩や目的の純粋さという名のもとに、人殺しの権利を突然正当化しはじめた。（中略）「テロリズム」は、したがって革命政府体制、すなわち一七九三年六月から一七九四年七月（ロベスピエール失脚）まで続いた恐怖政治（ラ・テルール）をさ

す。恐怖政治とは、恐怖による統治、すなわち法律、裁判所、国民公会の指導権により支えられた巨大な政治マシーンのことである。歴史上初めて「テロリスト」と称されたものは、王党主義と連邦主義の鎮圧を確実なものにする使命を受け、地方へ送られた国民公会の議員だった。

この書の著者は、さらに「『テロリズム』という単語は、一七九八年に初めてアカデミー・フランセーズ辞典の補遺に採録された。フランス革命がこの単語を創りだしたのである」としている。ラテン語に「テロリズム」はなく、あるのは、大きな恐怖や激しい不安を意味する「テロール（terror）」であり、「『テロリズム』が、明白で議論の余地もないほどに、正確な歴史的事象に基づく言葉であったのだ。その結果、人権思想の登場とともに、『テロリズム』という語が普及するという逆説的な現象が起こったのである」とも説いている。

いわば、「恐怖政治」は民主主義を標榜している国であれ、どこの国にも巧妙なかたちで存在し、テロリズムは権力者達の統治方法の公にされない卑劣な一現象形態だというべき一面を随伴していた。現在でもそうだが、テロリズムを実行する者らは必ず「人間性の進歩や目的の純粋さ」など、またこれに類する平和、正義、聖なる犠牲、貧者の救済など美辞麗句で自己正当化していたのである。

冒頭にあげた石川啄木の詩と大逆事件にかかわる経緯は、これらと性質を異にしている。日本の「テロリズム」と呼ばれていたものへの共感の心情をしるした。したがって、右の観点とはちがって、当時の幸徳秋水らは、大日本帝国憲法下において抑圧された者たちの反権力の意志を主張したものである。明治時代において、民衆の自由や人権の擁護などを圧殺する帝国憲法下の権力に対する叛逆であり、明確な政治的意図をもっていた。それに対して、権力側が作為的に犯罪をでっちあげたというべき側面をもっていたのは現在明白であろう。それは啄木の先にあげた事件記録、いささか古い資料ながらこの事件を検証しつづけた絲屋寿雄の『増補改訂　大逆事件』(昭和四五年四月、三一書房刊)などを見れば、ここで論証しなおす必要がない。

そういうことからすれば、秋水らの行動はいわゆる「テロリズム」と呼びえないことは明白であろう。ただし、当時の絶対天皇制下の政府・権力は、ロシアの無政府主義者などを先例として、それを日本における無政府主義者のテロリズムと法律的にも、裁判上でも、さらに社会的にも処理した。「大逆罪」を縦横に活用すること、そこに大日本帝国憲法下の政治的・法律的な抑圧構造が隠されていた。明治・大正時代の国家的暴力の発揚の仕方が表面化された典型的な一例だということができる。

わたしは前に述べたように、テロリズムがさまざまな形で揮われていた時代において、日本にあってきわめて卑近で、局所的でしかないといわれるであろう見方から考えを進めていきたいと思っている。つまり、取りあげて検討するのは先にあげた二冊の薄い新書版で、一冊目はモーリス・メルロー＝ポンティの『ヒューマニズムとテロル』であり、二冊目は『内ゲバの論理――テロリズムとは何か』である。後者はすでに記したように埴谷雄高編纂によるもので、高橋和巳の「内ゲバの論理はこえられるか」「暗殺の哲学」、埴谷雄高の「暗殺の美学」「憎悪の哲学」「目的は手段を浄化しうるか」、鶴見俊輔の「リンチの思想」、久野収の「市民的権利の立場から」で構成されている。そして前者は、一九四七年に出版された文章ということでいくらか予知できるように、第二次大戦終結後に一部の人々から思想的・政治的・共産主義革命にかかわる焦眉の問題として俎上にのった共産主義とヒューマニズムについて論述された文章である。したがって、直截に右に素描した「テロリズム」に関係しないけれども、それと密接にかかわる思想的・政治的なテーマとして考察されているので、その認識を解明しながら一歩を踏みだしていきたい。

これら二冊の優れた書物で省察されていることは、けれども、マルクス主義的思想の無力化されている現在、また共産主義体制の崩壊した状況などにおいてあまり有益な見方を提出しているわけではない。数時代前の思想的解明課題だというべきかもしれない。けれども、その根本には、現在にもなお問いかけられつづけている重要な人間的・思想的モチーフが秘められているということができそうだからである。

ポンティはスターリン体制下におけるモスクワ裁判の問題を主に取りあげているが、ここではそれは外枠の状況として除外しておく。問題は、レーニン時代からつづいていた、革命前後における権力奪取闘争のあり方と権力奪取後の方向性の問題である。つまり、単純化していえば、ツアー帝政打倒や階級闘争における革命的暴力はどのように位置・意味づけられるか、という問いかけに帰する。革命的暴力とは何かという問題と、それがテロリズムとどのような関係・無関係のもとで考察しうるかという機微にわたるありようの省察にほかならない。ポンティはテロルをつぎのようにとらえている。

歴史的テロルは、革命において絶頂に達する。そして、歴史とはテロルである。なぜなら、そこには偶然が存在するのだから。各人は事実の中に自分の動機を発見し、それを未来の展望の中に据える。しかし、その展望は、厳密に証明されているわけではない。トロツキーは、階級闘争と普遍的歴史の大綱に即応して革命的指導を考える。一方、スターリンは、現代に独特の状況に即応して彼の政策を樹てる。つまり、一国における革命、ファシズム、西欧における資本主義の安定化などに即応して、政策を樹てるのだ。(森本和夫訳)

ロシア革命におけるきわめて重大な考え方の相違が俎上にのぼっているが、一国社会主義論にかんする批判などはいま割愛せざるをえない。だが、トロツキーとスターリンの革命戦術の差異がきわめて大きな革命過程の悲劇や誤謬を生んだことだけは記しておかねばならない。ポンティにとってこの相違に淵源をもつテロルを揚棄すべき課題は、ヒューマニズムの可能性への架橋の仕方である。それは次のような認識となる。

西欧のヒューマニズムが、戦争の道具でもあるために、歪められているのは、我々の罪であろうか? マルクス主義のくわだてが、性格を変えてしか生き残り得なかったのは、我々の罪であろうか? (中略) 人間性の求めるものが〝人間による人間の認識〟であることが我々にはよくわかっている。しかしまた、現在まで、人間は権力の追究や闘争の中において、互に暗々裡にしか認め合っていなかったということもよくわかっている。人間の問題の与件は、たしかに一体系を形成するが、それは対立の体系である。問題は、それが乗り超えられ得るかどうかということだ。

ここで展開された認識は、第二次大戦後の当時における、彼のもっとも尖鋭で現実的な省察に充ち満ちたものにほかならない。ただし、現在、革命、ないしは社会の根源的洞察に立脚した実践という契機を失った時代には、あまり取りあげられることのない見解にすぎないということになろう。しかし、彼が別のところでいっているように、「我々を実際の出来事や行動の重要性にめざめさせ、我々に我々の時を愛させる」という単純明快な見方へと導いてくれるはずなのである。彼は革命過程で圧殺されつづけていたヒューマニズムとは、現実を垂直に沈下し、同時に水平へと広がっていくものだ、と捉えていて、心に響くものをもっている。また「対立の体系」を「乗り超え」ることとの困難に挑戦することとの必要性をも提示している。

ポンティのあつかったロシア革命以降の問題ではなく、それ以前のロシア帝政期における一九世紀末のテロリズムの問題はじつに多くの示唆を与えてくれるものである。これから見ていく埴谷雄高編纂による著書のなかの一節を掲げておくことからロシア革命前期のテロリズムの孕んでいたあり方をとらえておこう。埴谷雄高はテロリズムのやむをえざる歴史的必然性をレーニンの兄アレキサンドルの法廷証言にみている。

「私達インテリゲンチャは組織されていず、また、肉体的にも弱いので、現在のところ公然たる闘争に従事する立場にない。……このかよわいインテリゲンチャ、大衆の利益にまだ専念していないインテリゲンチャは、その思考する権利をただテロリズムの手段によって擁護するより仕方がないのである。」

私達は歴史のなかにさまざまな記憶すべき言葉をもっているが、一八八一年におけるアレキサンドル二世の暗殺より隔たること五年、一八八六年、アレキサンドル三世暗殺の陰謀を問われて逮捕されたレーニンの兄、アレキサンドルが法廷で述べたこの控え目な言葉もまた当時の若いインテリゲンチャの精神の或る部分を表示する多彩な含蓄に富んだ言葉といえるのである。

（引用は他も本書による）

レーニンの兄が提出した問題をはじめとして、ナロードニキ、人民の意志党などに対するテロリズムの揚棄という命題に、レーニン同様トロツキーも意を注いでいた。彼らは暗殺というかたちで権力者を葬るテロリズムを否定していた。いわゆるロシア・ボリシェヴィキは、単純化していえば、ナロードニキのテロリズムの壁を突き破るのに組織的な党の鉄の規律と大衆の目的の明確な武装闘争を採用したといってもよかろう。

埴谷雄高はすでに政治についてきわめて鋭角的な認識を語ってきた作家である。政治を成立させるものは、階級対立、過去や未来ではなくあくまでも現在のみにかかわる志向、他人の言葉をもとにして行為する《他の思考》であるとする。そこから帰結される思考形態は、非生産的な憎悪の哲学であり、それが「やつは敵である。敵を殺せ」という標語に集約されるとする。いいかえれば、政治の目的は権力の維持と奪取であり、したがって、政治の裸にされた原理は、敵を殺せ、の一語につき、権力の構造をもっとも単純に図式化したものは軍隊だと喝破したのであった。この書に収録されている、「暗殺の美学」「憎悪の哲学」「目的は手段を浄化しうるか」もそのような政治認識から派生する卓抜な諸見識が展開されていて、愚昧な権力維持の政治に対して異議を尖鋭なかたちで申し立てつづけてきた一環として採録された文章なのである。ただしこれらは昭和二〇年代後半から三〇年代の前半に書かれたものである。

一方、この著書に収録された他の文章は、すでに触れたように七〇年前後の新左翼系の諸集団の内部ゲヴァルトに関係づけながら、テロリズムについて考察したものである。高橋和巳は作家であるとともに中国文学研究者として深い考察を加えた。その対象は広く、司馬遷『史記』に見られる暗殺者達の姿、ロシア革命前後におけるテロリストの群像、ドストエフスキイやカミュの戯曲など、歴史から文学までじつに広範囲な対象をそれ以前から考察しつづけていたのであった。その中心的な解明課題を高橋和巳は「内ゲバの論理はこえられるか」でよく示している。彼のいのちを縮めるもととなった実体験というべき京大闘争をふくめた当時の極左的動向をも素材として考察したものがこの文章である。これは抗争している集団同士の暴力が、殺人にまでおよんだいくらかの事件の内的な動きや心情に触れた真摯な考察として展開されている。そして、その運動の制約、壁をどうにかしてこえたい、と全力をあげて考えつづけたのである。彼はその長い考察の結末をつぎのように結んでいる。

現権力者は、あらん限りの悪を、合法性の名のもとに敢えてしている。フェアプレイだけをやっていては、実際の活動は出来ないし、道義的人気だけでは、権力をくつがえすことはできない。にもかかわらず、未来を担う階級は、やはり、現体制の維持者以上の道徳性をもっていなければならない。

革命を、単なる易姓革命、王朝交替におわらせないために、ある場合には自らを呪縛するように働く、新しい道義性を、運動の過程それ自体のなかで築いていっていなくてはならないのである。

なぜなら、今後のありうべき革命は単に政治次元、社会次元にとどまらず、人間それ自体の変革が含まれていなければならず、しかも大衆的規模での意識変革、人間関係変革は、変革の運動それ自体のなかでしかなしえないからである。

これはまことに情理をつくした感性、思索のもたらした表現である。ここには魯迅の、埴谷雄高の、ドストエフスキイの声が重層化して聞こえてくる。多声的な思考である。高橋和巳の想いはそれらをどのようにして超脱していくか、そのために、新たな《道義性》をどのような内容と形式において創出していくか、という渇望にあったからにほかならない。

鶴見俊輔の「リンチの思想」は左翼集団の組織内リンチが何故発生するか、その時の組織の問題、日本人の思考形態や心理的問題について語ったものである。聞くに値する提言が多い(二〇一五年七月二〇日、逝去の由、無念である。私は『転向』研究、特に埴谷雄高に関した論を尊重する)。久野収の「市民的権利の立場から」は、ベトナム戦争や平和主義の論理的・思想的功罪について根本的に問い直そうとした文章である。ここでは示唆にとんだ二人の思想家の文章を引用するいとまがない。だが、これらにおいて志向・認識された論理は、つぎにあげる編者としての埴谷雄高のあとがきに同質の見識として示されている。

以上のような国際的な、歴史的な潮流を背景に負って、ここに、革命性と似而非革命性のいわば直接的な接点にあるところの「暴力」に関する幾篇かのエッセイを集めたが、私達の誰もが知るごとく、一つの運動は他からの「批判」とともに「自己批判」という二つの柱によって支えられている。（中略）

一日も早く、一人でも多く、さまざまに多様な「暴力」についての内部からの声がひきだされること、それは「革命のなかの似而非革命」と「似而非革命のなかの革命」の重なりあい、或いは、いれちがっている現代における困難な陣痛のかたちを私達の前に端的に、また、暗澹と提示してくれるに違いない。外部批判と内部批判の貴重で稀な蜜月旅行による一つの飛躍は、さて、それからである。

これらの痛切な文章は、一九六〇年代末から七〇年代のはじめに使用されていたテロリズムという概念と平和の意識や革命という考え方の一面を如実に語るものであった。ただし、ここで使用されている言葉が一国内の対立する組織間の「暴力」であるために、その当時においては、さまざまな負の問題をはらんだ新左翼の内部ゲヴァルトへと目が向けられるにとどまっていた。本当は、彼らをそこに追いこんでいた国家権力と彼らの関係、その組織的なあり方、あるいはさらに目を転じてテロリズムの問題としても論じられるべきテーマの一つであったということができる。

ところで、現今の暴力論やテロリズム観などはそれらと大きな質的差異や変質などがあるのではないかと推察している。これは日本ばかりでなく、世界的に見てもそういえそうである。みぎに素描したことがらは、たんに日本における当時の「反権力闘争」にかかわるものにすぎなかった。当時はアメリカ合衆国が軍事力、経済力などで世界帝国的な権力を保持していたし、ソヴィエット連邦がそれに対抗するように大量破壊兵器、核兵器などを中心にすえた軍事的同盟を形成していた。いわゆる東西冷戦時代がつづいていたのであった。いずれにしても、自由主義、資本主義、社会主義、共産主義など呼称はどうあれ、それらの諸大国が軍事力を背景にした力を誇示し、それらに圧迫された周辺諸国はそれぞれ異なる危機意識を醸成していた。きわどい戦略を駆使した国家間、軍事同盟間相互の抑圧・圧伏競争であった。世界統治戦略において、国際連合などを介在させながら、どのような国家間同盟、軍事同盟などを形成し、各国家の経済・政治・社会構造を成立させていくのかという問題が提出されつづけていた。各国における政治制度、民衆統治のために有効であるとされる手段が巧妙に練りあげられていたのである。ここで欠落していたのは人間であり、倫理的、道義的な側面における人類の未来的な探求であったといえよう。

　再確認しておくべきことは、権力、軍事力、情報、秘密組織などを背景にした一つの国家体制は、力で相手を脅し、脅迫し、懐柔することなどにおいて、フランス大革命期と同様のテロリズムを随伴させていた。テロリズムが恐怖、脅迫を相手に与えるばかりか、敵対するものを抹殺するという機能を揮いつづけるという意味においてそうであった。そのような圧制的な政治体制は、利益や権益を守りつづけるのを至上命題にして、自らの治世は民主的であり、市民的であり、自由主義的であり、平和的であり、法治主義に基づいているなどと主張するのである。その一方、圧制、テロリズムなどとは異質だと宣伝・扇動する一種の政治的仮装をすることなしには成立しえないものだということができた。ナチスの宣伝・扇動術の名残である。

　アメリカ合衆国政府に対してイスラム教を信ずる集団、中国「共産党」政権に対してチベット、東トルキスタンなど少数民族の叛乱、中東諸国におけるイスラム教諸派内部の権力掌握の争い、アフリカ大陸諸国のやはり宗教上の諸派の内乱的奪権闘争、バルカン半島諸国の戦争とその経緯、ロシアの旧ソ連圏に属した諸国に対するロシアの侵略に対する抵抗など枚挙にいとまがないほどである。

これらには歴史的問題が横たわっていて、第一次、第二次世界大戦の戦争終結にかかわる領土問題、国境の策定、民族の分断、戦争過程や終結以後にもつづいた民族・住民などの虐殺、諸宗教間の宗教的権力の奪取騒動など、さまざまな要因が背後に控えている。現在の混乱も、淵源をたどれば、そこに行き着くものが多い。第一次世界大戦以前からつづく歴史的な問題も当然として横たわっている。それらに対する国際的な組織である、第一次世界大戦後の国際連盟、第二次世界大戦後の国際連合が十分に対応しきれなかったことはある程度明白であろう。諸事態にたいする解決策の非有効性、あるいは無力さが現在ではとくに核保有大国や国連理事国の独善的対応や国際的な現状に異を唱える過激的な組織の前で露呈されつづけている。

二〇〇一年のアメリカ合衆国・ニューヨークのワールド・トレード・センターなどにくわえられた同時多発テロルは、アメリカ合衆国本土に大規模なかたちで初めてくわえられた攻撃であろう。いくつかの小さな個別的なテロル事件はそれまでに発生していたにしても、その規模や死者の数においても激烈なものであった。このテロルは、それまでつづいていたアフガニスタンやパキスタンなどの戦争を複雑な様相に変化させるとともに、イラクでの戦争を起こす原因となった。テロルが紛争ではなく、本格的な戦争を誘発しはじめたのである。ここでもやはり、戦争に正義などはありえないが、お互いに正義や善や民族救済や平和達成などを標榜して戦端を開いているのである。平和や正義の虚構がさらけ出されるのも特徴があるといえばいえよう。余談になるが、その事件のおこる頃、わたしはたまたまドストエフスキイの住居などを調べるためにロシアのノブゴロドという街に行っていた。宿泊ホテルのある場所に設置されたテレビジョンにニューヨークのセンター・ビルに突入する飛行機の画面が映し出されていた。それを見ていたホテルの従業員らしい人々は手をうって喜んでいた。冷戦終結後十年すこしたっていたにもかかわらず、アメリカとロシアの関係の一面においては、一定数の庶民にあってあまり変化がないように観察された。数十年にわたる憎悪、嫌悪、悪感情などはそう簡単に払拭されないのであろう。このような憎悪の哲学を髣髴とさせるような相互認識が個人的、集団的、国家的テロルを生み出す源や土壌に、またその遠因になっているに相違ない。

警告や宣戦を布告することなく、突然にあのような攻撃がなされるところに、二〇世紀末から二一世紀の当初以降におけるテロリズムの特徴があろう。二〇世紀末、一九九五年に日本でおこったオウム真理教をなのる新興宗教団体の狂信的なテロルがその一つだといえる。他のテロル実行者達があまり採用しなかった化学薬品・サリンを使用するという暴挙を平然と敢行した。第二次世界大戦などで散見された非人道的な化学兵器の使用に類する暴挙を断行したのである。テロルの手段も制約がなくなってきている。非人間的な殺人兵器の一種であるサリンを使ったテロルを見ると、内容がどのようなものであれ、教義などに呪縛された狂信的な集団によるテロルは、一部の指導者の盲信や罪悪に対する無自覚のもとで、いかなる戦術でも採用されるという典型的な状況をよく示している。テロルに倫理的・人間的な一面が垣間見られたのは、前にしるした高橋和巳などの考察にかかわる一九世紀末のロシア・ナロードニキのテロリスト群像程度であろうか。

戦争中のことであれば、きわめて限定的にいって、日本にくわえられた米軍による広島・長崎の原子爆弾攻撃、全国の諸都市にくわえられた爆弾や焼夷弾などによる無差別な空襲での非戦闘員の無惨な大量殺戮があった。戦争終結を早めるという理由をつけた非人道的な大量殺戮、都市破壊であった。これは非戦闘員の大量殺人というテロリズムだとみなすこともできるのではあるまいか。敵対するものに恐怖をあたえるというテロリズムの基本的なあり方にほかならないからである。メルロー・ポンティの述べた「歴史的テロル」は、革命ばかりでなく、戦争においても絶頂に達していたといいうる。

ところで、第二次大戦後も、現在中東の「イスラム国（ＩＳ）」と称するテロリスト集団は、大量殺人という点ではほぼ同じことをくりかえしている。右にみた空襲そのものは、ドイツなども甚大な被害をこうむった。そこには軍事力によって敵国民を抹殺するという戦闘戦術がうきぼりになっただけである。当事者はボタンを押したり、引き金を引いたりするだけで、相手の苦痛や悲劇などに対する想像力や、人間的なものが介在しないのである。ただし後に、事実を知ったり、体験を反芻したりすることで、当事者達が苦悶・苦悩したり、精神的打撃をうけることが生じることもともとより否定できない。ともあれ、一つの象徴的対象、生産拠点、都市機能などを壊滅・麻痺させることを軍事的目的・使命としているのみである。大量の人員・物資の破壊が目的であって、現代においては、それが映像化されたり、宣伝の主たるものとなっている。つまり、これらの軍事力の暴発は、人間存在や文化財や自然環境などの貴重さ、無二性などについての考えをすべて払拭して、対象を破滅させる戦術のみが正面にすえられる。それらを巧妙に映像化したり、視覚空間として劇的に構成することが、テロルの第一義として機能しているというべきであろう。

だから、現在のテロリストたちは、広報戦術を駆使しながら、恐怖を再生産させることに狂奔している。歴史的に積み重ねられた倫理的な規範や歴史的・人間的・文化的な富や叡智などが破壊の対象となっているとしかいえない。擬似「国家」やある集団の勝利とみなされる状況が追求されるのみだということができよう。無用な「国家」護持、収奪システムの合法化などのためにさまざまな慣習的な根拠づけ・国際的・法的な適合性や承認を前面にだしつづけている。それらの権力機構、国家体制を正当化する主張などによって自己擁護をはかろうとしても、あくまでもそれはその時々の国際間の軍事同盟や勢力関係、国際的な軍事力・経済力などを背景にした力関係の帰趨でしかないといいうる。数ヶ月、数年、あるいは十数年単位の時間的幅の問題でしかない。

さて、第一回目の随感をおえるにあたり、いかなる条件のもとであれ、国家護持のみが善であり、現今の世界秩序を維持することが最高の政治だとうそぶきつづける者たちを批判して文章を結びたいと感じたときに、たまたま新聞の記事に目がとまった。新聞のインタビュー記事を引用するのは、一般的に避けたいけれども、ここにはいくらかわたしの感じ方と響き合う点があるので、あえて引用しておく。

「テロという言葉は大国によって効果的に使われてきた経緯があります。政治的な紛争はテロリズムという言葉を使わないで説明した方がより明確に理解できます。もし使うならば、ＩＳだけでなく、攻撃する国家の側にも当てはめるべきです」

「テロリズムの根源的な定義は、罪なき市民に対する政治的な暴力です。私の考えでは、国家によるテロは非国家組織によるテロよりも市民にとって破壊的です」

「地球的な利益、人類の利益を守るための何らかの機構が必要です。いまの国連はそれを実行するにはあまりにも脆弱《ぜいじゃく》な組織です。地球的な利益が保護されるような形に変革、または改革する必要がある。その際、大国をどう抑え込むか、国益優先の考えをいかに克服するか、が問題です」

（インタビュー「『国家』を超えて」リチャード・フォーク、聞き手・石合力「朝日新聞」二〇一五年六月二六日朝刊）

わたしはリチャード・フォークという人について、知るところすくないが、やさしく語った言葉のなかには、現在のテロリズム理解と国家観についてある示唆と見通しをくみ取ることができる。ただし、「罪なき市民に対する政治的な暴力」がテロリズムだという定義は、すこし狭いので、現代に即した多角的な内容を盛りこむ必要がありそうである。もとよりわたしも、「地球的な利益、人類の利益を守るための何らかの機構が必要」だという見解は当然の要求だと考えているし、なされるべき方向性だとも感じている。現在の国連的な組織を根本的に凌駕する機構を真剣に考えなければならないと思っている。

さらにわたしは〈国家を超える〉のではなくて、〈国家廃滅〉が遠い目標として設定されなければならないと考えるものである。というのも、国家の問題はすぐさまグローバリズムという中途半端な考えを喚起するからである。ともあれ現在のところ、国家を超えて物事を考察しようとする彼の姿勢には賛同しておきたい。その思考と実践の延長線上で、テロリズムの克服の方途をより厳密に検討しなければなるまい。

石川啄木の「テロリストの／かなしき心」をよんだ詩の一部と永井荷風の含蓄にとんだ世相や時代認識に対する感想からはじめたこの随感録は、日々、時代とともに展開せざるをえない性質をはらんでいる。それを時間にそって横軸として歴史的に考える行為だとする。そうであれば、逆に、現実、時代相、歴史などをこえて縦軸として垂直に省察する営為もありうる。つまり、非歴史的に、形而上学的に、非地球的規模において考えていくことである。水平・垂直の両面から考察しなければならないことを気づかせてくれるものでもある。その交点というのは、呼吸し、生きている自己・わたしが見えない姿で任意に彷徨する何かであり何処かである。つまり、横軸と縦軸の交点から歩みだす必要性は、人間と世界、あるいはより視点を拡大すれば、地球と宇宙の衰滅の危機がわたし達にはつねに問いかけられているからにほかならない。

その二

戦後派文学者の卓抜な予見性

私は二〇一五年七月四日に「戦後七〇年にちなんで——日本戦後文学の問いかけたもの」という演題で講演した。日本の戦後派文学者のうち、大岡昇平と埴谷雄高を対象とするものであり、その文学と思想の一面をとりあげた。二人の文学者には『大岡昇平・埴谷雄高　二つの同時代史』（一九八四年七月、岩波書店刊）という、卓越した対話集があり、それを活用した。ただし、話の内容が少なからず現在の社会的・政治的問題と交差する点があるので、半年ほど先に刊行予定の次号ではなく、随感録として今号に採録しておくことにする。講演した趣旨や内容とは基本的に変わらないが、文章の引用をしたり、書き言葉としてより詳しく展開しておいた。

日本の戦後文学は、すでに近・現代の文芸・文化史や歴史的出来事のなかに繰りこまれている。文芸・芸術の歴史を顧みようとする場合の研究対象や素材、あるいは近・現代の文学や芸術を省察・研究する人々のための歴史的な対象の一部となっているといっていいであろう。

歴史的な観点はきわめて重要であるが、それを俯瞰的にみるだけでは陥穽にはまるはずである。つまり、文学・芸術のおそろしさは、現実を超出したすぐれた精神的な営為があって、二人の文学者のそれも、まさしくそのような驚異を徴づけるものにほかならないのである。わたし達は二人の真摯な声を聴くことで、現実を超出した一範型を確認することができる。

日本の戦後派文学が出発したとき、つぎのようなテーマが設定されたということができる。どのような内容でその追究テーマが設定されたのか、その概要をみておきたい。ことわるまでもなく、戦後文学発足期を主導したものの一つに雑誌「近代文学」があり、その主要な追究課題・テーマの設定はつぎのようになされていた。「a芸術至上主義・精神の貴族主義　b歴史展望主義　c人間尊重主義　d政治的党派からの自由確保　eイデオロギイ的着色を払拭した文学的真実の追求　f文学に於ける功利主義の排撃　g時事的現象に捉われず、百年先を目標とす　h三十代の使命」というものである。また、敗戦後に小説や評論や詩などを発表した戦後派文学者も「近代文学」の同人たちとは別に登場し、それらの表現者たちの特質は「a戦争体験の文学　b転向体験の文学　c政治と文学論　d新しい文学的方法の探求　e主体性論　f世代論」などとしてまとめることができよう。

数多い戦後派文学者のうち、これから対象として考えようとする文学者は大岡昇平と埴谷雄高の二人とする。この二人の文学者における表現活動をおもに大岡昇平にあっては「戦場における戦争体験」、埴谷雄高にあっては「革命運動にかかわる転向体験」の側面で省察していこう。(随感録その二は年号を和暦で表記する)。

大岡昇平は明治四二（一九〇九）年に生まれ、昭和六三（一九八八）年に七九歳でなくなった。右にしるした「戦争体験」のみにかぎっていえば、昭和一九年六月に臨時召集をうけ出征、翌月フィリピン・ミンドロ島警備として派兵された。二〇年一月に米軍捕虜となりレイテ島の米軍俘虜収容所に収監され、この年の一二月に本土に復員した。大岡昇平は若いときからフランス文学、およびスタンダール研究者として活躍し、たとえば昭和一四年には訳書にアラン『スタンダール』(創元社刊) がある。そして復員後、若いときから文学的薫陶を受けていた小林秀雄の慫慂によって、二一年に戦場体験を「捉まるまで」としてかいたけれども、そのなかに米兵に関する記述があり、占領軍の定めた検閲法規・プレスコードにかかるとして、結局二三年に『俘虜記』として創元社より刊行された。二五年には戦場からの復員者の思想を追究するものとして『武蔵野夫人』を講談社より出版した。その後も、過酷な戦争・戦場を体験した兵士達が人肉食という極限的な状況に追いこまれた出来事を二七年『野火』として「展望」に連載し、その後創元社より刊行したのであった。四二年から四四年にかけて『レイテ戦記』を「中央公論」に連載した。しかし、アメリカの公刊戦史が封鎖を解除され、それらを詳細に分析・摂取することで、より詳細な事実関係を取りこみながら推敲をくわえて四六年に単行書として中央公論社から刊行したのである。また、昭和四二年に第二次戦跡慰問団に加わってかつての戦地ミンドロ島を訪れ、その体験を四四年に『ミンドロ島ふたたび』(中央公論社刊)としてまとめた。さらに、氏は戦争体験は書きつくしたと考えていたが、まだ空襲体験をかいていないとして五七年に『ながい旅』(新潮社刊)に取りくんだのであった。

埴谷雄高は大岡昇平と同じく明治四二(一九〇九)年に生まれ、平成九(一九九七)年に八七歳でなくなった。すでに記したように氏においては左翼体験にかかわる転向体験のあり方をみていくことにする。その側面にかぎっていえば、氏は日本共産党農民部に属して活動していたが、昭和七年に不敬罪、治安維持法違反により逮捕され、その翌年に懲役二年執行猶予四年の判決をうけて出所した。大岡昇平がスタンダール研究者であったのと異なって、氏はロシアの作家ドストエフスキイに若くから親炙していて、昭和一八年に『悪霊』研究であるウォリンスキイの『偉大なる憤怒の書』を興風館から翻訳刊行した。その前に、昭和一四年に「構想」という同人雑誌を発刊し、そこに短篇小説「洞窟」と詩的アフォリズム「不合理ゆえに吾信ず」をかきつづけた。これらは氏のライフワークである『死霊』の根本的な主題をなすものである。それらのテーマを温存しながら敗戦となって氏はようやく「近代文学」に『死霊』を連載し、二三年に『死霊』三章までを第一巻として眞善美社より刊行したのである。二五年に戦中執筆のみぎの『不合理ゆえに吾信ず』を月曜書房から刊行するとともに、その間にかいた評論などを三二年に『濠渠と風車』（未来社刊）にはじまる評論集としてまとめた。また左翼体験から生みだした政治・革命理論を、三五年に『幻視のなかの政治』（中央公論社刊）として編纂した。そのなかで注目されるのは、世界でもっとも早い時期になされたスターリン批判である「永久革命者の悲哀」を三一年五月号の「群像」に発表したのであった。そして、五〇年に畢生の追究課題であった『死霊』の五章を「近代文学」での中断から二六年ぶりに「群像」七月号に発表した。亡くなるまで九章にいたる偉業を成し遂げることができた。

さて二人の文学者のある一面における表現世界の概略を把握した。そうすると、両者から汲みとりうる文学的・思想的な課題の一端として《戦争と革命》の問題を浮き彫りにできるはずである。それをうけてここでは基本的視座として、二〇世紀は《戦争と革命の世紀》だと一般的にいわれている考え方を、すでに断ったように、大岡昇平と埴谷雄高の文学的営為のうちから探ることにする。二人のすぐれた表現者の思索の足取りをその側面に局限しつつ素描していくことにしたい。

まず、大岡昇平の『レイテ戦記』からその幾らかを引用で示しておきたい。作者はその意図をつぎのようにのべている。

どこの国でも戦争の指導者は似たようなものである。死んでいく兵士の身になっていては作戦など立てられるものではない。(中略) 厖大な量に上るはずの国民の犠牲なんか勘定に入れていなかった。(後略)

私はこれからレイテ島上の戦闘について、私が事実と判断したものを、出来るだけ詳しく書くつもりである。七五ミリ野砲の砲声と三八銃の響きを再現したいと思っている。それが戦って死んだ者の霊を慰める唯一のものだと思っている。それが私に出来る唯一つの

ことだからである。（五　陸軍）

その弊害はすでに日露戦争の段階で現われていたのだが、戦勝におごって教訓を正しく受け取らなかった。日中戦争の起った昭和十二年までの三〇年間、全然進歩しなかったのである。（後略）

これらはみな今日の眼から見た結果論というのは易しい。しかし歴史から教訓を汲み取らねば、われわれは永遠にリモン峠の段階に止まっていることになる。ただしこれは必ずしも旧日本陸軍の体質の問題だけではなく、明治以来背伸びして、近代的植民地争奪に仲間入りした日本全体の政治的経済的条件の結果であった。レイテ沖海戦におけると同じく、ここにも日本の歴史全体が働いていた。リモン峠で戦った第一師団の歩兵は、栗田艦隊の水兵と同じく、日本の歴史自身と戦っていたのである。（十八　死の谷）

兵士達は作者のいう「日本の歴史自身と戦っていた」結果、莫大な戦死者をうんだ。他の戦場ばかりでなくレイテ戦においても、第三五軍直轄部隊、第一師団、第一六師団、第二六師団などをはじめとして八四〇〇六人の投入兵力のうち、戦没者は七九二六一人、他の戦地に転進部隊があり、生還者は僅かに概数として二五〇〇人にすぎなかった。約九七パーセントの将兵がこの小さな島の戦場で命を失ったのである。

大本営、および戦争推進組織は、鉄鉱石、石油などの資源や総体的な生産力、戦争遂行能力や軍備の内容を精確に分析することができなかった。それなりに分析したが自らの都合のよい判断によりかかった。つまり、調査資料やさまざまな点を分析した結果を自らの恣意的な解釈や判断によって歪曲してしまったために、まったく無益で誤謬だらけの情勢判断にたって戦争を推進していった。重視した戦力の一面である軍艦建造においては大艦巨砲主義、その当時においてもっとも重要な戦力であるはずの航空機生産能力の向上、レーダー網や通信技術などの新しい装備の充実なども怠った。その結果、絶対防衛圏としたマリアナ諸島とサイパン島の圏域を、マリアナ沖海戦による航空機と航空母艦や艦船のおおきな損失、サイパン島玉砕によって米軍に突破された。敗戦につながる戦局の変化をこうむったのである。つまり、一九年六月のこの敗北によって、実際にはレイテ沖海戦やフィリピン諸島の防衛の見通しがたたない戦況においこまれていた。したがって、レイテ戦においてはとくに航空機や航空母艦、パイロットなどの戦力の総体的な損傷がはなはだしいために、その場をつくろうための作戦としてもっとも劣悪な特攻作戦を導入するしか戦いを遂行できない惨状に追いこまれていたのであった。これは沖縄戦へと連続したし、米軍の本土の空襲を可能にしたのでもあった。

軍隊組織のあり方などをふくめた近代的戦争実施戦略・戦術など、全体的なあり方に根本的な欠陥のあったことが看過されたのは再説するまでもない。戦争遂行能力や外交交渉などを歴史的に総括し、どのような対策を立てていくかという方針策定などにおいてずさんで無力であったこともいうまでもない。それによって満洲事変にはじまり、日中戦争、太平洋戦争の一五年戦争において軍隊・軍属などの死者おおよそ二三〇万人、市民およそ八〇万人の死者をもたらしてしまったことを反省する契機をつかむことができなかった、と作者は鋭く批判的に総括したのである。死者たちも、実際にどのような形の死をこうむらざるをえなかったのかすら、あきらかにされていない。

レイテ戦から引きつづいて戦われた日本本土における初めての地上戦である沖縄戦の言語に絶する悲惨な結末は、戦う前からすでに予想されたものであった。威容を誇った帝国海軍はレイテ沖海戦で壊滅し、陸軍・空軍は作戦策定ができないほど戦力を損耗していた。それにもかかわらず、大本営、軍部とくに陸軍はレイテ戦にしても、沖縄戦にしても、本土決戦を遅らせる手段、あわよくば少しでも戦果をあげて、有利に戦争終結へとみちびこうとしたこれまた言語に絶する無謀で姑息な作戦でしかなかったといえよう。その後に生じた全国各都市に対する空襲の惨禍、広島・長崎にくわえられた原子爆弾の空前絶後の被害など、枚挙にいとまがないほどの悲劇を招来させたのである。もとより、米軍による日本国民の戦意喪失を一つの目的とした考えられないほどの非戦闘員の殺害については、きびしく批判されてしかるべき戦争犯罪に類する仕打ちだということができる。米軍は原爆開発競争のためにも原爆を使用し、その成果をソ連などに示そうとしたのである。

これらの被害は大本営、帝国陸海空軍、戦争推進者の面子やその後の権益や地位を保持することをはかった者たちだけの責任だとはいえない。無辜の国民、といっても戦争に翼賛的にかかわった多くの国民もいたのであったが、それらにとっても大きな負の遺産としてつきつけられたのである。戦争協力と抵抗の諸相も曖昧なままに、一億総懺悔などという愚劣きわまる責任論でしか対応できえていないというべきであろう。

作者はつぎのようにこの作品を結んだのである（「文学の力について」にも引用）。

国家と資本家の利益のために、無益な国民の血がそこで流された。日本国民は強いられた戦いにおいて、その民族的な国家観念と、動物的な自衛本能によって、困難に堪え、苛酷な死を選んだ。軍隊が敗北という事態に直面する時、司令官から一兵卒に到るまで、人

間を捲き込む悪徳と矛盾にも拘らずよく戦ったのである。（後略）
しかし侵略の実行者の意識しなかったものも、戦場となったフィリピン人にとっては、被害という事実として残った。（後略）
高度成長国家となって、資本輸出とエコノミック・アニマルの進出、自衛隊の膨張によって、再び大東亜共栄圏の古い理想が復活している日本と共に、アジアにおける最も不幸な国になろうとしている。
レイテ島の戦闘の歴史は、健忘症の日米国民に、他人の土地で儲けようとする時、どういう目に遇うかを示している。それだけではなく、どんな害をその土地に及ぼすものであるかも示している。その害が結局自分の身に撥ね返って来ることを示している。死者の証言は多面的である。レイテ島の土はその声を聞こうとする者には聞える声で、語り続けているのである。
（三十　エピローグ）

作者は昭和四〇年前後からしてすでに真摯に死者の声を「聞こうとする者」が少なくなっていること、「他人の土地で儲けようとする」者が相変わらず声を大きくしながら、国土を蹂躙していることにたいして指弾しつづけているのである。ことわるまでもなく、作者自身が三五歳の老兵として徴兵され、ミンドロ島というフィリピン諸島のひとつに派遣された結果、俘虜となり、米軍のレイテ島収容所に収監された体験を省察しなければならなくなった。その集大成がみぎに少しだけ引用した『レイテ戦記』であるが、作者は俘虜体験を『俘虜記』からはじめていたのである。すでに素描しておいたように、ここで『俘虜記』『武蔵野夫人』『野火』など、俘虜収容所から解放されて本土に復員後、集中的に書かれた作品群を読み解いていくのが順当な手続きであろう。また、作者は兵士の目からほぼ戦争体験は書きつくしたと考えていたが、空襲体験にかかわる対象を書いていないとして昭和五七年に『ながい旅』をかいたのであった。これは将官の立場も表現対象としていて、これらもふくめて書くべきであろうが、この随感ではそのいとまがない。

ここではミンドロ島を訪れてともに戦った兵士達を弔ったおりの氏の感想を『ミンドロ島ふたたび』から引用しておくにとどめたい。

きみたちは死んだからそれを知らなかったが、おれは生き、それを知ることが出来た。当時、フィリピンがどうなっていたか、おれたちのまわりのことをいろいろ知った。知ったところで大したことはない。しかし戦後二五年、おれの俘虜の経験はほとんど死んだが、きみたちといっしょにした戦場の経験は生きている。それがおれを導いてここまで連れて来た。もうだれも戦争なんてやる気はないだろう、同じことをやらないだろう、と思っていたが、これは甘い考えだった。戦後二五年、おれたちを戦争に駆り出した奴と、同じひと握りの悪党共は、まだおれたちの上にいて、うそやペテンで同じことをおれたちの子供にやらせようとしている。

青年時にスタンダールの研究者であった大岡昇平は、スタンダール的表現方法によって戦争体験の高度な思想化を達成した小説家なのであった。右の文章は現在でも生き生きと伝わってくる力をもっている。氏は時代の動向を斟酌しながら、きびしい眼差しで世界を見ていたのである。

一方で、埴谷雄高は青年時にドストエフスキイに魅入られて、その人間と宇宙にかかわる形而上学と志向を左翼体験の多角的な側面において咀嚼しつつ昇華した極限的な思索者であるということができよう。

さて、埴谷雄高は父の仕事の関係で、植民地台湾で生をうけた。これがその生き方において決定的な意味をもつことになった。というのも、植民地で植民者の日本人が、被植民者の台湾人を差別し、蔑視した事実に幼少期からしばしば直面せざるをえなかった。そのため、日本人が嫌いになってしまったというきびしい他者意識を育んでしまったのである。

早熟で繊細な感受性を有していた氏は、早くからさまざまな文学、芸術作品、思想書などを享受していたが、それが青年初期に演劇にかかわることになり、さらには革命運動へと没入していくことに通じた。それが氏の生涯を呪縛し、またそれが同時に新たな文学的・思想的出発点とさせることになったということができる。氏に豊多摩刑務所の独居房体験をもたらしたのである。つまり、昭和七年に不敬罪、治安維持法違反によって逮捕され、翌年上申書を提出し懲役二年執行猶予四年の判決をうけていわゆる転向出所したのである。転向に関しては詳しく論述しなければならないが、ただし、氏の転向は、昭和八年頃に頂点をみせた日本左翼の転向事例とは内容を異にするとわたしは判断している。ともあれ、天皇制にかかわる「不敬」罪、資本家階級、軍事産業擁護のためにそれに反対する諸組織を徹底的に取り締まるための「治安維持法」が氏にも襲いかかってきたといえる。以後、治安維持法での内務省・特別高等警察や「軍機保護法」などを理由として憲兵隊も機能し、氏の思考や行為を大きく阻害しつづけたのであった。

つまり、社会革命を中心とする社会的・政治的な諸認識などの展開は、権力からの要監視者の氏には奪われていた。検閲によって削除、あるいは執筆禁止となるのは明らかだからである。では、どう対処したのか。氏は文学・芸術における考察の基本である《自己》認識を尖鋭化させるとともに、共同体や社会分析などは括弧に入れ、また世界認識をも犠牲にして、宇宙論を深く考察することにした。また、それに付随するかたちで存在についても思索し、単に社会革命にとどまらないで、存在の革命による最高存在のあり方の端緒であれなんとか把握しようと意図したといえる。氏の考察対象は《自我・宇宙論・最高存在》へと収斂された。つまり、徹底的な自己分析と自己とはなにかという問いかけを深めうるかぎり深めようと努めたのである。いわば、同時に、ここから反転して、社会革命や人間世界の諸事態を包括的に把握しなおそうと志向したのだともいうことができる。こうした隘路をとおり、反語的な操作によって、氏は昭和一四年に創刊した「構想」という同人雑誌に「洞窟」という独房での受刑者のあり方を考察した短篇小説や『不合理ゆえに吾信ず』というアフォリズムの短詩で自同律の不快、意識と存在との軋轢、存在の転覆などを象徴的に表現しはじめた。

さて、埴谷雄高のライフワークとなった『死霊』であるが、そのモチーフやテーマの原型が昭和一〇年前後に形成されたとして、右にしるしたように直接的に表現できる社会状況、時代環境ではなかった。要監視者である氏は、たとえば、昭和一六年一二月に軍部が太平洋戦争に突入すると、開戦の翌早朝に特高警察は予防拘禁で氏を留置場に収容した。死を覚悟した氏においで、特高警察とのあいだでたとえばつぎのような悲喜劇的なやりとりが生じることになった。つまり、留置場に特高課員がやってきて、彼らはシュールリアリズムを左翼の考え方だという前提で、『構想』の『不合理ゆえに吾信ず』を読んで、これはシュールリアリズムだというんだよ。（中略）この論文は暗号文だろう、これで連絡してるんだろうというわけだ」（「そして戦争」、『二つの同時代史』からの引用は以下岩波書店版による）。これに類する話はこれまた枚挙にいとまがない。

経済雑誌社に勤めながら戦中を生き凌いだ氏は、敗戦後になり、戦争についてつぎのような卓抜な見解をしるしている。

私——いや、いや。戦争の意味をとめるのは、本当に、死者しかいないのですよ。そして、それをとめる訴えをしているのがただ死者しかないことが、また、やがてそれが歩一歩と生者のあいだに出現してくる唯一の理由になつてるんです。何故つて、あらゆる生者はすぐ死者を忘れてしまい、生の秩序のなかにどんな戦争をもはめこんで意味づけてしまうんですからね。だから、私は敢えて云いたいですね。本当の戦争は、生者と死者のあい

だではじまる、と。（後略）

私――死者たちは微かな声でこう羽音のように繰り返しているのです。

死んだものは、死んだものだ
生きてるものは、生きてるものだ
殺せ、というやつを、殺せ……
殺せ、というやつを、殺せ……

（「平和投票」、「群像」昭和二六年六月号）

埴谷雄高の戦争観は独自なものであり、きわめて示唆的・暗示的で認識の許容する幅が広いものだということができる。ところで、『二つの同時代史』で、『死霊』にかんして興味深いやりとりがかわされている。

大岡　（前略）終戦直後からいままで断続して書いているうちに戦後の様々な事件が影をおとしているよね。第五章『夢魔の世界』のリンチ事件でも、戦争中の共産党のリンチ事件を踏まえているのはもちろんだろうけど、やっぱり連合赤軍のリンチ事件が踏み台だろう。（後略）

大岡　「愁いの王」てのは、あれは天皇じゃないのか。

埴谷　まあ、大きくいえば、そうだよ。ああいう天皇がひとりくらいいてもいいといった意味での「愁いの王」だ。

大岡　つまり自分の臣下が一人もいない天皇になった。象徴になっているからね。

埴谷　日本では、だれもそういうことを文学的に象徴的にやってないよ。政治的な、社会主義的な観点からの天皇制は論じられているけどね。しかし、あれはまた現天皇制に対する爆撃なんですよ。大絨毯爆撃。

（「『虚体』をめぐって」）

あえて些末な訂正をしておけば、『死霊』の章の番号は「五章」と表記して「第」はつけないが、どうでもいいことだ。ともあれ、昭和七年に「不敬罪」「治安維持法」違反で逮捕起訴された埴谷雄高が、天皇制に対して六章「愁いの王」（「群像」昭和五六年四月号）という特有な設定において文学的に批判しているということにほかならない。あえてわたしなりに注釈すれば、「愁いの王」は、天皇制が暗喩されていて、それと結びつけて独自に表現世界へと批判的に昇華されていると解釈するのはそうとう面倒な手続きが必要であろう。ただし、作者・埴谷雄高自身が小説のきわめて読み巧者の大岡昇平の判断に賛意を表しているのであるから、一定の意味は読みとらなければならないというべきであろう。批判の目は温存され、いつか、何処かで噴出するという見本なのであろうか。

ところで、七章「最後の審判」(「群像」昭和五九年一〇月号)において作者は食物連鎖という生物殺しの罠についてとりあげたのであった。その核心として、イエス・キリストが飢えをいやすためにガリラヤ湖の魚を焼いて食べたことを魚から弾劾されたこと、また釈迦も苦行をなした直後にチーナカ豆を食べたのであるが、そのことを同じくチーナカ豆から弾劾されたことを印象深く表現した。この経緯をユーモアをまじえて表現することで、作者は〈最後の審判〉のイメージを強烈にうきぼりにしたのである。イエス・キリスト教、釈迦・仏教も弾劾の俎上にのったのであるから、異なった文脈において、天皇・天皇制への批判が文学的暗喩において取りあげられた、というのもいわば当然の成り行きといいうるであろう。

わたしは前に氏の革命運動にかかわったことによる尖鋭にして卓越した認識である「スターリン批判」を示唆したが、それがどのように展開されたのか一瞥しておく必要があろう。「永久革命者の悲哀」は長大な文章であるので、四カ所ほど引用するにとどめる。

私が次第に悟つたのは、党は選民であり、党外は賤民であるという固定意識の存在であった。

モスクワの赤い広場にひとつの霊廟があり、そのなかにレーニンの遺体が横たえられている。私は、このような公然たるロシヤ革命への侮辱、人民の新しき世代への侮辱、進歩する人間精神への侮辱、未来の無階級社会に対する侮辱が、ひとびとの批判もなしに数十年もつづけられてきたことのなかに、ピラミッドの体制の驚くべき、怖るべき重さを知って、歯がみせざるを得ない。

私を苦痛にひきさくものは、閲兵である。そこには、数千年にわたって支配者が被支配者を閲兵してきた常套的方式とまったく同一の方式しか見られず、壇上に並んだ閲兵者の前をデモンストレーションの列が行進している。

霊廟も愚劣である。元帥服も愚劣である。プラカードのあいだに掲げられている肖像写真も愚劣である。閲兵も愚劣である。それらの現象を支えている隠秘な階級支配の本質は愚劣である。すべてを、ピラミッドの階段にひきもどす過去から見るな。すべてを、上下関係のない宇宙空間へひきゆく未来から見よ。

埴谷雄高がくりかえす「侮辱」「愚劣」のありようこそ、旧ソ連（ロシア）・スターリン体制、また中国もふくめた旧社会主義国の根本的な支配体制の圧制の現実にほかならない。現在両国はすこしでも改めているのであろうか。心許ないかぎりである。日本をはじめとして世界の資本主義国には、また異なった「侮辱」「愚劣」の系列がさまざまな姿をとって牢固なかたちでありつづけているということも疑いないことである。

したがって、現在もうごめいている政治屋、経済人、メディアに寄生する評論家などを、埴谷雄高がなす以上にきびしく弾劾しても当然至極だというほかあるまい。氏が敗戦後に占領軍の先兵となってプレスコードの一環としての検閲にかかわった者たちを「茶坊主」とよんで侮蔑していたのも宜なるかなである。「埴谷　日本人が日本の作品を『自己規制』してるんだよ。アメリカの占領方針をすっかり自分が体しているつもりになっているんだが、日本人は茶坊主型がじつに多いんだよ」（「敗戦直後の文学状況」）。そのような奴隷的精神に汚された振る舞いも同様に批判の対象である。そういう意味で、埴谷雄高は亡くなってしまったのだが、氏を苦しめた治安維持法に類似した特定秘密保護法を制定し、それに付随する弾圧法規を付けくわえつづけている政治屋たちはさらにきびしく弾劾されなければならないであろう。

大岡昇平を戦場に送った大本営・軍部と同じく、戦争を進めることで利権にあずかり、儲けを求めようとする「ひと握りの悪党共」が「うそやペテン」をひろげながら、今日ただいま安全保障にかかわる法制をねじ曲げているのもしかりである。それらの者たちは、憲法をないがしろにし、大量死や偶発的な死をもたらす戦争を準備し、個人のさまざまな権利を剝奪しつづけている。これらの者は歴史の教訓をどぶにすてさっている。あろうことか、二一世紀がはじまり一〇数年もたとうとしているにもかかわらず、無知や愚昧さを公然とひけらかし、恥知らずで手前勝手な蛮行を平気で行いつづけているのである。それらのものの言動といえば、日本語・言葉にたいする無自覚、無意識の上に成りたち、また他者の譲り渡すことのできない人間的あり方にたいする無感覚で暴戻な振る舞いなどにおよんでいることはいうまでもないことである。「まがい」とか「もどき」という便利な言葉があるが、これらの者は、「ファシストまがい」、「ヒットラーもどき」と揶揄できそうな外観を呈しているように見うけられる。まわりにはつねに権力におもねる「茶坊主」や無知蒙昧を売り物にしている「有識者」という御用聞きをはべらせている。ただし、戦後日本の権力者は、国の外で支配している他の人類絶滅兵器をもった権力者の「茶坊主」にすぎないと非難できるに相違ない。

このようなものたちが政治を行い、経済を動かしているのは、未来に責任をもたねばならぬ歴史に照らして、その被害をこうむるわたし達多くのものが悪寒を覚えさせられるのみならず、恥辱や侮辱をなげつけられているということすらできよう。厭わしいうえに、このような蕪雑な言葉を書かざるをえなくなるのも腹立たしいかぎりである。誌面が台無しになるばかりか、目や耳を汚している上に、貴重な白紙がなんとももったいない。

わたしは大岡昇平と埴谷雄高を戦後派文学者と名づけながら、自明なものとして注釈をつけなかったが、大岡昇平に関していえば、戦後出発の当初はそうではなかった。ここで、小林秀雄、中村光夫、福田恆存らと歩みをともにしていた大岡昇平の独特な文学的・思想的な位置を確認しておきたい。大岡昇平は時代の推移とともにその尖鋭な眼差しを深めていった。埴谷雄高は大岡昇平の仕事のすぐれた核心を指摘しながら、悪化する時代の進行に対して警告していたのであった。

埴谷　戦後三十八年たってみたら、もっとひどくなってきている（後略）

大岡　反対という意味で、俺はあらゆる野党を監視者として支持しているんだ。

埴谷　それでいいわけだけど、しかし考えてみると、君の真ん中にいる判官びいきも、だんだんもっと左寄りになってきたという感じがするよ、僕からみると。

大岡　そうかな。世の中が右になったんで、目立つんじゃないの。友だちがみんな右のほうへいっちゃったから、俺はポツンと左に残った。

（「時代の変化」）

大岡昇平は『ミンドロ島ふたたび』で戦後二五年たったあとにも戦争実行権力への猛烈な批判をし、埴谷雄高は戦後三八年たったときに権力の目を覆う腐敗を右のように批判したのであった。さて、戦後七〇年たってみると、その悪辣さ、愚劣さは二人の批判をさらにこえてどん底におちいって腐臭を発している状態だということすらできる。

ともあれ、大岡昇平は戦場での俘虜体験を戦争体験として普遍化しつつ小説世界で徹底的に考察した。また埴谷雄高は革命運動にかかわる独房での思索を中心にした転向体験を起点として高度な認識を達成する文学世界へと昇華させたのであった。そういう意味では、二〇世紀が《戦争と革命の世紀》だという一般論を、彼らの個的な世界において普遍的な領域・世界へと転換させた卓越した表現者だということができる。

両者の文学的出自を記したさいに、大岡昇平がスタンダールの研究者であったこと、埴谷雄高がドストエフスキイから徹底的に影響をうけたことにふれた。両者は、少青年期から親炙した文学・文学者、思想・思想家について生涯をかけて超剋しようと努力した。それはあたかも、ゲーテの『ファウスト』のなかで、天使達が《たえず努力していそしむもの》は救うことができるといったように、生涯現役として自分たちの探求すべき文学的・思想的主題について解き明かそうとしつづけたのである。戦場、独房などさまざまなマイナスを転倒して、自らの独自な創造世界を構築した二人の文学者は、文字通り、目に見えない何かから、背後を支えられて生きていたということにほかならないのである。

文学者にして思想家である両者の人間と時代の核心を剔抉する膂力は、わたし達が真実を凝視しようとする意志を遠くまで運んでくれるのである。この随感録を「戦後派文学者の卓抜な予見性」と名づけた所以にほかならない。

（講演・完）

＊

随感（その一）でテロリズムについて考えた際に戦争についてもふれた。大岡昇平と埴谷雄高が定義した戦争は、典型的な二〇世紀型の戦争観だといえそうである。つまり、二一世紀型の戦争は、原子・水素爆弾など大量殺人・破壊兵器を背後にした覇権的諸国家群が、局地的な他国侵略、領土拡張、資源収奪、軍事同盟間の覇権誇示型の内紛・戦争として戦われている。これは二〇世紀の後半からはじまっているというべきかもしれない。ベトナム戦争、アフガニスタン戦争、中東戦争などすべてしかりである。

そして、全面戦争は地球破壊にいたりつくであろうから、傲慢な覇権的数カ国の代理戦争のごとく局地戦が戦われている。『テロリズム』について」で記したアメリカ合衆国のイラク戦争、現在のロシアのクリミア併合とウクライナの戦争など典型的である。またそれらの戦いは、諸大国の誤った侵略的行為に端を発していることが多く、死者だけが大量に発生するという愚劣な状況を喚起している。ボタンをおすだけで核兵器やハイテクノロジィの大量破壊兵器を支配する一見無機的な戦争、無人機での攻撃、逆に、テロリストの採用する一九世紀的な一対一の相互殺人が同居することになっている。近い未来には、宇宙領域での戦争が予測されうる。

また、同一宗教内部の覇権、さらにはイスラム教対キリスト教、イスラム教対仏教間というきわめて古い古い歴史上の雛型を踏襲している争いが衣装をとりかえながら戦争の形をとっている。それを「聖戦」や平和実現や正義の貫徹などと呼号し、一方でテロリズムと奇妙なかたちで合体している。また、戦争終結処理に失敗して、複雑な対立軸をつくりだしたりしている。愚昧な戦争の尻尾をひきずっていて、これまた奇妙な構図を描きだしつづけているのである。

これらはいわば、戦争とテロリズムを鶏と卵の関係へと追いこみつづけている弊害である。

そのため、きわめて象徴的で的確であった埴谷雄高のいう戦争をとめるのは「死者」しかいないという考えも棄てさられている。というのも、いみじくも氏が「あらゆる生者はすぐ死者を忘れてしまい、生の秩序のなかにどんな戦争をもはめこんで意味づけてしまう」と警告したとおりになされているのである。反人間的・反歴史的なあり方を反省しないばかりか、権力護持に狂奔している一群の政治屋・宗教屋たち同士による紛争、自分たちの狂信を正義と主張する国際的なテロリストによるテロリズム的殺人行動からは、やはり「死者」は無視されるばかりか、逆に無慈悲にあらたに量産されるだけなのである。

大岡昇平の指弾した戦争で儲けようとする「ひと握りの悪党共」は厚化粧をこらして存在しつづけていて、「うそやペテンで同じこと」、いやもっと悪辣な欲望を満足させるべく人間をモノ化している。そして、それぞれが依拠してどうにか世界の破滅を阻止しようとしてきた国際的な取り決めや各国の憲法や法律などすらないがしろにしようとしているのである。歴史的な負の遺産を清算しようとする人間的で未来志向的な共存の意志なども抹殺されてしまうことになる。わたし達はこれらに対して強い弾劾の言葉と行動で対峙し、叡智をしぼってこれらの悪企みを根本から転倒しなければならないであろう。

その三

九月の《変革なき変革》

この「九月の《変革なき変革》」とした論題をみて、あまり多くはないだろうが、埴谷雄高の丁寧な読者ならばある類推が可能となるであろう。一九六〇年六月一五日を頂点とした六〇年における日米安全保障条約改定反対闘争にたいする埴谷雄高なりの総括である「六月の《革命なき革命》」（「群像」昭和三五年八月号）という文章が頭にうかぶかもしれないからである。この標題の文章を想起したのは、ほかでもない一昨年（二〇一四年）頃から政治問題として焦点化されつつあった法案があり、昨年・一五年九月に安全保障関連法として、憲法違反であることを無視して強行的に成立させられてしまった一連の愚挙があったためである。考察すべきは、この事態に対して、この二年間ほどのあいだにどのような動きがあり、それがどのような意味を有するかを考えてみることにほかならない。

すでに書きとめた「革命」「変革」ということに関し、読者にはただちにひとつの疑念がおこるのではないかと予測する。つまり、「革命」「変革」という面倒な概念から定義しておかなければ、内容が明確にならないというものであろう。埴谷雄高が使っている「革命」という概念、そしてわたしが使っている「変革」というそれが明快でないかぎり、ほぼ意味をなさないのではないかというものである。わたしはそれはとうぜんであるが、もしそれをすれば、数十頁を要するであろうから、それを承知で規定しないことを前もって断っておきたい。いわば、書き進めていく過程である程度明確になるようにするつもりなのである。そしてさらに、現在の抑圧的な権力に反対ないしは対峙している人々の運動には「変革」がないとしているが、それはあくまでも一種古めかしいわたし個人の見方でしかないという批判があろう。それもわたし自身承認するが、ただ、わたしとしては、たとえば民主主義の考え方、運動の方法、選挙に対するそれなどにたいして疑義をはさむとしても、彼らがやろうとしていることは大いにやってもらいたいと考えていて、これまた一種中途半端な立場でしかないのである。

わたしは一八歳の青年期以降五七年間ほどの長い歴史的時間を生きたことによって、この時間のもつ変質作用についてきわめて強い危機的な認識をいだきつづけている。ここではその変質のうちの一つであるが、六〇年安保をめぐる動向と昨年の安保関連法成立にいたる過程との類似性と差異性について、これから記憶にたよりながら想起していきたいと思う。それによって、日本の昭和・戦後史と平成史のある特質を浮き彫りにできるのではないかと予測しうるためである。それをするにあたって、異例のようだが、六〇年安保闘争を中心とした動向にたいして、埴谷雄高がさまざまな見解を書きとめていたが、それをわたしなりに読みなおすことによって、二つの歴史的な動向のありようを対比していくつもりなのである。

さて、その核心をおおざっぱに括ってみれば、世界史な観点から二〇世紀初頭のロシア革命以来の革命についての認識とその歴史的な推移と問題点、ひるがえって日本の近代史とくに昭和二〇年の敗戦後からの諸動向とその基底に横たわっている日本というものの本質的なあり方を対象化していくことにほかならない。それを素描することで、二一世紀から一六年ほど経過した現在のさまざまなありよう、また平成が三〇年間近くになろうとして、現在にいたる過程の中心的な問題とそのありようなどについてどのように観測できるか垂鉛をたらす作業となるはずである。

ところで右のようなことについて記そうとしたとたんに、遺憾なことに、わたしは不適格であることが自得された。どういうことなのか。わたし自身の本心をのべれば、一九八〇年代の後半頃の一〇年間くらいから、和暦でいえば、平成のはじまった一九八九年前後一〇年間くらいから、日本社会のこまごました動向はもとより、もっとも肝腎な文学・芸術・思想の詳細な動向などについて真摯な興味をむけてその仔細を分析・評価する意欲を失ってしまったという点にほかならない。(随感録その三は年号を西暦で表記する)。

なぜそのような事態が生じたのか。社会・政治・経済・思想的問題、とくに文学のあり方などの変化よりも、わたしの親炙した人々がほぼ大半、逝去してしまったことが一つのおおきな原因となっていたのではないかと思う。たとえば、石川淳は八七年、埴谷雄高は九七年、小田切秀雄は二〇〇〇年、中薗英助は〇二年に逝去した。いわば、昭和の終わりと二〇世紀の終わりには一〇年ほどの年月の差があるが、その両方の終わりが文学的・思想的なあり方をふくめて政治的・社会的なありようにわたってさまざまな変化の要素を包含していたので、ほぼ同質の創造的領域におけるおおきな暗転として感受されたということができよう。したがって、雑誌や単行書に書いている人々の認識内容や文体などに違和感や齟齬の感じや失望などの思いをいだくことがそれまでよりも多く、あえて書店に足をはこんで書物などを購入して読み・考えようとする内発的な力を失ってしまったことによるのである。小説を手にしたならば、冒頭の数頁ほどを読むと、つづけて読もうとする興味や意欲などが湧いてこない。何を書いているのだろうという懐疑が強く作用していた。評論ならば、やはり数頁読むと、このようなモチーフやテーマや論理展開や表現手法などは、わたしにはあまりにも疎遠で馴染まないものだなと感じてしまうからである。文体にたいする違和感も決定的なものであった。

けれども、言葉と書物はわたしの生と存在の源泉の一つであり、文学・芸術は精神の糧であるから、文学のみに限定していえば、個人全集などをとりだして読み・考え・書こうとすることに変わりはない。その場合の手にとる対象は、遺憾なことに時代がどんどんと過去に遡っていき、繙いてみる書物の割合が圧倒的に多くなったということである。わたしが親愛の念を強くいだいている日本の作家ならば、かつて書いたことのある埴谷雄高、石川淳、大岡昇平、武田泰淳、椎名麟三、坂口安吾、中薗英助、高橋和巳などである。日本と外国の古典文学も多くなった。外国の作家や詩人でいえばドストエフスキイ、カフカ、プルースト、ポオ、セルバンテス、ラブレー、魯迅、マラルメ、ランボーなど、またその周辺で光り輝いている作家、詩人などきわめて僅かの人々になってしまったのであった。

このような精神状況・精神生活のなかで現代や現実などのことについて仔細に触れようとすると、きわめて困難で窮屈な想いにとらわれる。ただし、わたしはその間も日本文学を教える教員をしていたから、近・現代文学をはじめとして日本古典文学について読み・話すことはせざるをえなかった。日本古代からの仏教者や哲学者などの考えなどについても同様である。そして一見古びたそれらはわたしにとって以前より魅力的になっていったのである。

したがって、わたしは半世紀以上も前の古い記憶をたぐり寄せてみながら、なにが俎上にのってくるのか、わたし自身で試してみなければならない。わたし自身の問題としてなにが眼前に引きよせられてくるのか、遠くからたちあがってくるものを凝視しなければならないということになるのである。

一九六〇年の数年前から日米安全保障条約改定が俎上にのっていたが、それらについて想起する前提として、一九五五年の砂川基地建設のための土地強制収用から引き続いて問題となっていた動きを素描しておかねばなるまい。土地収用反対闘争過程で逮捕された学生や農民などに対して、五九年三月に東京地裁の伊達秋雄裁判長は、アメリカ軍の駐留は戦力の保持であり、その駐留は憲法違反であるとして被告を無罪とした。裁判判決で初めて米軍の駐留を憲法違反だという明快な認識を提示したのであった。しかし、慌てた権力側はもとより、当時の検察は高等裁判所を抜きに跳躍上告して、最高裁判所での法的判断を求めた。

最高裁は五九年一二月に高度な政治性をもつ日米安全保障条約や相互協力条約などは一見し

て明白に違憲と認められないかぎり、法的な判断を下しえないと東京地裁に差し戻した。後に判明したことであるが、六〇年の安保条約改定にむけて、この地裁判決を破棄すべく、最高裁長官はその判決内容を事前にアメリカ政府当局者に連絡したり、判決を覆すためのさまざまな密談をしたことが文書に残されていた。ここで明白になったのは、司法権が三権分立の独立したあり方として屈辱的・奴隷的なものでしかなかったことである。分立もまた建前でしかない。そういうものであるから、それ以降、伊達秋雄裁判官を左遷し、政権に従順な裁判官を就任させ、砂川基地強制収用を合法化して、六一年にいたって反対した人々を有罪としたのである。憤懣の念は屈辱的な日米地位協定にもおよんでいる。

六〇年におけるわたしの六〇年安保闘争へのかかわりは、前年五九年に高校三年生であったのだが、砂川裁判におけるさまざまな問題や司法のありよう、政治のあり方や権力の恣意にわたしなりに不信と懐疑が強まっていた。同時に対米従属の明らかな重要な問題であるとして、幾人かの友人と語らって小さな研究会をつくって、この条約について検討しはじめていた。その結果として、わたしは六〇年一月に上京したのである。つまり、戦中に高級官僚で、戦犯の疑いのあった当時の権力者・首相が安全保障条約改定のためにアメリカに行くのを阻止しようとしていたブント全学連の羽田闘争に参加したのであった。山陰地方の高校生ながらわざわざ上京して、ブント全学連の学生たちとともに渡航に抗議のために羽田空港の出航ロビーに座りこんだ。もとより、反対勢力として脆弱で、また戦術も幼稚なもので、空港ロビーで警察権力に蹂躙されたのであった。

そういう者であるために浪人中ながら、その間やはり身近な人とともに六〇年安保改定反対の闘いに加わった。その折のわたしのかすかな成果といえば、政治や政治運動、社会や民衆のあり方、またそれにかかわるジャーナリズムの動き方や全体的な動向などについてわずかながら明確なイメージを形成できたことである。さらに、条約改定反対、反権力の意志をつらぬこうとしていた「六月行動委員会」の会合に足を運んで、田舎の高校生の時代に書物や雑誌を読んで名前だけを知っていた埴谷雄高、吉本隆明、丸山眞男、秋山清などの話を聞くことができたことなどである。ある会の時に丸山眞男氏とたまたま隣り合って座ることになり、彼の発言したことについて会が終わってから質問したこともよく覚えている。ナチスの組織論について彼独自の認識を語ったもので、印象深い認識を披瀝していたと記憶している。

六〇年安保闘争の総括は条約の強行採決、その後の反対闘争のあり方などを中心としてさまざまに執り行われたのであったが、その詳細についてはここでは省略したい。この随感録の主眼は、埴谷雄高が敗北した六〇年安保反対闘争に関わりながら、その過程で発表した文章を再検討することである。なぜ埴谷雄高かといえば、高校二年生のとき、わたしは氏の「永久革命者の悲哀」（「群像」一九五六年五月号）という文章を発表から二年後に図書館で読み、仔細が解らない点がありながら、全体の主張に感銘をうけ埴谷雄高に心服してしまったからである。つまり、そのような人の当時の言説をもとにして、昨年二〇一五年九月一九日の安全保障法制定などで表面化した相変わらずの強権的政治とどのような点において類推が可能であるか見ておきたいということにすぎない。当時の言説をもとにするために、きわめて長い氏の文章からの引用をあえて行うことになろう。ただし、それによって浮き彫りにされる論点は相当程度一般性を獲得しているのではないか、と推察されるに相違ない。

いずれにしても、権力者達が五〇数年前と同じように、事実や重要な問題を歪曲したり隠蔽しつづけていたし、現在もそうだということをまず確認しなければならない。権力者達はつねに日本の平和、安全、アジアの安定、軍事的抑止力の獲得、日米韓の軍事的同盟の強化などという一見大衆うけのするまやかしをお題名のごとく唱えつづける。さまざまな虚偽を棚にあげて強行採決する政治手法も同じである。常態化した暴虐に対して、民衆がどのように対峙したか、そのあり方をわたしのやり方において明らかにする必要がある。それによって、それ以前に成立していた特定秘密保護法、今後狙いをつけられるであろう共同謀議罪や緊急事態条項など弾圧的法案にかかわるものなどの性質について警告することである。

このことは遠回りの手つづきながら、一九六〇年と二〇一五年の五五年間ほどの年月の隔たりが、日本の思想的、社会的、政治的なあり方などの劣悪な質的変化として現象し、同時に成熟した社会だと喧伝されるものの矛盾と人々の認識の低迷や退歩のありようを検証することにもなりうるはずである。

わたしは埴谷雄高の五九年頃からの発言を具体的に振り返ってみる。ここで前提的に確認しておきたいことがある。今回検討しようとする内容は、氏にとっては、文学や思想にかんするいろいろな考察の一部にすぎないということである。小説『死靈』の完結にむけての努力が第一であるとすれば、つぎに列挙するすぐれた文章群は第二の才能の発揮であり、これから検討する現実的出来事についての論評は第三の才能の発現にすぎない。それすら瞠目すべきものだという点に驚いてもよい。

ともあれ、氏はたとえば五九年と六〇年の二年間には、その小説創造の核心的方法やむきあいかたの中心的あり方を考察した「夢について――或いは、可能性の作家」「可能性の作家――続・夢について」「不可能性の作家――夢と想像力」をかいている。また重要な思想的省察課題である「自由とは何か」、さらには政治思想の核心の一部をしめる「革命の意味」「暗殺の美学」などというすぐれた文章をも発表している。これらの創作方法論、革命理論などの核心については共通認識としてきちんとふれておきたいが、ここでは割愛せざるをえない。

もう一点断っておくことがある。一九六〇年当時の世相は、まだ東西冷戦時代の真っ只中で、アメリカとソ連が軍拡競争と軍事同盟の強化、原水爆保持のための策謀を駆使しつづけていた時期である。第三次世界大戦を危惧されたキューバ危機も生じた。原子爆弾の保持が、両国ばかりでなく、イギリス、フランス、中国などにまで拡大しつつあった。そのために、世界各地で「革命」と「反革命」が呼号され、日本においても、世界革命論と一国革命論が議論されていたのである。いわゆる、マルクス主義、共産主義などがイデオロギーの問題として厳しく問いつづけられていた状況でもあった。平和か戦争か、同盟か非同盟か、圧政か革命か、資本主義か共産主義か、議会主義か反議会主義かなどというさまざまな局面・条件のもとで激しく論争されていた時代だともいえたのである。これらのことを念頭におかないと、六〇年当時の社会的・政治的・思想的・イデオロギー的問題が理解できなくなるといえよう。二〇一六年現在とはその対象とした検討内容に雲泥の相違がある。

ともあれ、氏は右翼的体制破棄の内容、自己権力とは何か、民主主義のありかた、議会制民主主義の問題、デモンストレーションの意味、選挙とは何かということなどの考察を進めた。

みぎにあげた〈自由について〉や〈革命の意味〉などの枝葉にあたる認識でしかないと単純化しても誤りではない。したがって、革命や変革ということなどをどのように把握していたか素描し、その当時の社会的通念や一般的な考え方と現在の差異をそのなかで浮き彫りにしていきたいと思う。わたしの「随感」の主要な意図はここに発している。たまたま五九年に氏は「週刊読書人」の論壇時評をうけもっていたため、「安保改定」にかかわる雑誌掲載論文の批評、水爆実験反対運動、沖縄の基地問題などにもペンをむけていた。それらをふくめて氏の文章を引用しながら思考のあとをたどっていきたい。

平和擁護の基本的姿勢は執拗にまもられねばならないが、原子力にプラスとマイナスの発展の側面があるごとくヒューマニズムに立脚した平和擁護も社会主義的な展望をもつた平和共存もまた思いがけぬほど奥深いマイナスの側面をもつている。

（「体制破棄の姿勢」、「週刊読書人」一九五九年八月）

氏はヒューマニズムに立脚したとしている平和擁護、平和共存などについて、表面的な主張ばかりでなく、事態や物事の両面を冷静にみることを提唱していて、当時の平和共存のあり方や「社会主義」の思想的問題におけるマイナス面を指摘するのである。つまり、資本主義国家群の主張の虚偽ばかりでなく、スターリン（主義）批判者として、当時のソ連や中国などの世界戦略やイデオロギー的側面にも厳しい目を向けていた。

同じ論壇時評の九月では、「精神の食いちがいのかたち」としてつぎのようにいう。その細部については今記さない。氏は当時の雑誌論文のなかで「まとまつた平均的な模範答案として示されているのが、二十人の共同討議者による『政府の安保改正構想を批判する』（「世界」）ということになるだろう。この批判は文章の構造も緻密で、絶えず論理的であることを心がけている」のであるが、時々刻々の現象に引きずられる政府の構想のたてかたと同じ次元にたって批判している憾みがあるとする。「世界の政治と経済の大きな流れと変化を背景にしてこの改定問題を分析する」必要があり、そのような論文もないわけではないと例示しているが省略する。氏の指摘は、たんにその当時の政治的動向に左右されない本質的な見方を深めることが大切だという当然なものであった。

また一〇月の時評「安保体制の見取図」では、同盟国の要請などによってなされる安易な軍事支出についての考えを提示した人を批判して、つぎのように書きとめている。

一国内において軍事支出の増大が民間企業の圧迫と犠牲をある程度以上感ぜしめることなく、むしろ繁栄を感ぜしめながら行われるためには、その全体の枠が雪だるまのように拡がらなければならない。換言すれば、民間企業は世界経済的になり軍事支出は他国分担的になればなるほど、一国内における軍事支出と民間企業の矛盾は矛盾として感ぜられなくなる。犠牲の多くの部分は他国へ転嫁されるのである。戦後におけるアメリカの経済進出と軍事基地建設と他国政府の隷属化は、アメリカの景気繁栄の基本要因であつて、日米安保条約は勿論その世界的な枠のなかの一環としてある。

このようにアメリカの世界戦略に組みこまれながら、それを隠蔽するかたちでなされていた軍事支出のために、「国の内部にあるのが陋劣と悲惨」でしかない、と氏は批判している。日米間の隷属的枠組みは現在にも通用しているし、現在は権力の虚偽の積み重ねでもっとひどい状態にあるはずである。

つづいてデモンストレーションということ、とくに当時の安保闘争前夜における「デモについて」(「東京新聞」一九五九年一二月一四日〜一六日夕刊)では、つぎのように警告する。つまり、デモンストレーションの目的や方向性が明確でなければならないのに、思いがけず国会内にデモ隊が突入したことについての批判的な感想——ひとりひとりが明確なプログラムも徹底した自発性ももっていなかったこと——としてつぎのように記していた。

> デモンストレーションは、相手を威圧するところの単なる手段にすぎない。従つて、ある一定の目標を掲げた下で一定の威圧が示されるかぎり、たとえ上から組織された義務的な動員であれ、一種スポーツ化した閑暇の行動であれ、問うところでないというのが、一般の考え方である。（中略）そこでは、暴走が排撃される。（中略）
>
> 私達は、デモンストレーションが与えられた秩序をたちまち乗り越えてしまつた最近の例として、東ベルリンのそれ、ポズナニのそれ、ブタペ《ママ》ストのそれと三つの大きな例をもつているが、そのデモンストレーションの不屈の意志がその窮極まで貫かれたのは、デモの前面にある警官と兵士がデモンストレーターの側に敢えて加担した場合にかぎられていることをそこに教えられる。

氏は「歴史の示すこれまでの巨大な秩序変更の担い手は、外部からの戦争と内部からの革命であつた」と根本的なあり方として考えている。戦争や革命にいたる民衆のやむに止まれない自由や解放の欲求の初発的な段階としてのデモンストレーションが想定され、変革にいたる闘いの必須の一過程であるとされている。

日本における五九年一一月の国会突入にいたるデモンストレーションは、もとよりそのようなものではなかった。偶発的な出来事にいたる一定程度の先見性と予測性のないところに、未来的な変革のエネルギーの可能性がよみとれないとしていたのである。また「一つの意志と均質の持続を徹底的に験すのが、ひとつのきつかけから現秩序の枠を乗り越えてしまつたところの新しい状況」に直面したか否かの検証においても、そのときの闘いは基本的に十分でないという認識を語る。もとより、当時の国民会議という組織は、みぎのような見通しも闘争方針ももっていなかった。

したがって氏の認識は、六〇年安保闘争のたたかいにおける組織された労働者ばかりでなく、もっとも尖鋭的に戦ったはずの学生組織である全学連に対しても適用されてくる。その批判はきびしいもので、そのひとつが、六〇年一月の全学連の羽田闘争についての指摘である。氏は「全学連と救援運動」(「読売新聞」一九六〇年三月二六日)でつぎのようにいう。

全学連の現在の指導部は革命的であるといわれる。けれども、国会デモを見ても羽田デモを見ても、全学連の行動ほどいわゆる革命からほど遠いものはない。革命は相手側の防衛の武器である軍隊と警察のある部分が運動者の側について事態が逆転することをいうのであろうが、全学連の学生たちはなんらの武器ももつことなく、ただスクラムを組んだデモがそこで行われているに過ぎない。その風景はむしろ平和的である。

高揚した学生運動自体に深い意味が見いだされるのは、植民地的な状況においてであつて、それ以上でもそれ以下でもない。

当時「滑稽味を帯びたところの灰色の悲劇的な状況」と氏に揶揄・批判された文章をよんで、わたしは当時の全学連の取り組みは、もともとその程度のものではないかと考えていたにしても、ある反発を感じたことがあったのを思いだした。この文章をよみなおして、〈学生運動先駆性論〉という後に否定された考え方を連想した。労働運動と学生運動の関係は、その後も錯綜を重ねていったのはいうまでもないが、今はそれが問題ではない。またこの救援運動とはなにかという問いを主眼とした文章は、「階級社会における一般の救援運動はその団体なり個人なりの運動方針や運動形態いかんに関わりないことである。（中略）救援の原則はつねに階級制というおおきな基準によつてはかられるのであつて、党派制は認められない」という真っ当な考えを論争相手になげかけていて、それ自体きくべき提言である。論争の仔細についてもここでは記さない。

大切なのは、右のような認識を語りながら、展開された以下の考え方にほかならない。氏は陰謀的空論家と自己規定しながら、六〇年安保闘争における一側面として浮きぼりにされる思想的・運動論的な問題を剔抉していこうとした。そこには多面的な考察があるが、その積極的な見方はつぎの如くである。

私はこんどの機会に騒擾化した区画へ偶然行きあわせたことがあるが、群集のなかから出てきた自発的な指揮者がまつたく新たな状況に応じて個々の事態を手際よく整理し、ひとつの《まつたく新しい状況》をつくりだす事例を幾つか見た。この自発的な指揮者は群集のなかにそれまで埋没しており、また、次の瞬間にはそこへ埋没してしまうのであつて、状況が与えられれば、いわば必然的に出現してくるのであつた。状況が与えられるとき、誰も見知らぬ、無名の《変革者》が奔出してくるこの幾つかの事例は、疑うべからざる事実として、私がこんど自ら体験し得た深い教訓なのであつた。スクラムを組み得るかぎりの広範な連帯性、支配層を裸かにする武器もまた自らの手許にあるという絶えざる自覚、そして、いわばとどまることもないこの自他の《変革》の意識。これらが私達の自己権力の基礎をかたちづくるのである。（「自己権力への幻想」、「週刊読書人」一九六〇年七月）

その上で氏は、「個人の自由と幸福をまもる市民意識の徹底化と、階級的な不自由と不幸とを打破する闘争のなかで成長する自己権力の自覚」を、つまりは《変革》の認識の保持と現実転倒の意志を強調することになるのであった。

ここに記された認識は、運動の展開のありようとして妥当であり、二〇一五年のさまざまな人々、集団などにおける運動にも該当する部分が少なからず瞥見される。それは国会周辺や全国各地で行われたデモンストレーションを支えた学生達、若い母親、未組織の退職者達の集団、全国の憲法擁護団体、文学者、学者、大学教員、各種文化組織などの取り組みを見ることができよう。とはいえ、政治・社会にたいする変革の意識、自己権力の認識などがどの程度の深度で観測しうるものか、現在のところ曖昧だといえる。そのために、一五年九月の闘いが《変革》であるか否かこれまた曖昧で、「敗北」の一遠因だといいうるであろう。

当時の状況と現在のありようはおおきく異なっているが、埴谷雄高はさきにあげた「六月の《革命なき革命》」でこれらの総括という意味で、的確にその核心に触れていくのである。この文章の冒頭で記している感想は現在でも相似的に通用しそうである。鮮烈な描写をしめしておく。

人の渦、プラカード、旗、絶えまない喚声、リズミカルに走る足音のここかしこに重なつた反響……それらのなかで、此処に来たものの殆んどすべてが感ずる大きな愉悦から苦い自覚に至るまでの怖ろしいほど幅広いあいだに含まれている数知れぬ《相反する気持》を殆んど数歩ごとにつぎつぎと転変させながら、私は国会を囲んでいる広い車道のはしの小さな歩道を何日も何回もまわり歩いた。その《相反する気持》とは、抑えきれぬ大歓喜と一筋の細い金属性の針のように鋭く刺す抑えても抑えきれぬ不満と憤懣、予期し得なかつたものに当面したような素朴な驚異とこれが起るべくして当然起つたのだと自ら諾く平静な落着き、あらゆる古ぼけたものを乗り越えてでてきたまつたく新しい力へ対する強烈な拍手と、駄目だ、そこにとどまっていては駄目だと衷心から叫びあげる無性な苛らだち、等々であつて、それらが殆んど無数の相反する感情、相反する考え方の錯雑した組み合わせをともなつて、殆んど数歩ごとに私を襲つたのであつた。

内面の微細な動きを氏は的確に表現しているのである。このような大いなる愉悦から烈しい憤懣のあいだにわたる感情の淵源を氏は、四年ほど前のハンガリア革命と対比しつつ《革命なき革命》だとしたのであった。現在、世界中をテロリズムの嵐が吹きまくっていて、「革命」という言葉であれば、宗教「革命」といわれているのを連想し、その内容そのものが疑わしいものでしかないので、「革命」という言葉に反感をいだくであろうし、「革命」は死語に類するものと化しているということができる。すでに示唆したように、氏にあってこのような政治的・社会的な運動は、すくなくとも「日本革命」、さらには「世界革命」、またさらには「永久革命」という連続的な観点から考えていくという発想である。もとより、埴谷雄高の読者であれば、そこに止まらないで「存在の革命」へと思考が飛翔していくはずなのである。したがって、以下に述べるような考え方が展開されることになる。氏は思想的な立場においてひとつの《偏見》をいだいているとしてつぎのような感想を記す。

快感というのは、絶えず高まりゆく大衆行動の隊列が階段の前を通るごとに、毎日、毎刻、毎瞬、この階段の上に立っている古ぼけた指導者達がまた同時に絶えず追いこされているからであり、滑稽というのは、その追いこされたもの達が追いこしゆくものの背中へ向つて激励の外装の下に諂らいと懇願の言葉を投げかけているからであり、そして、憤懣というのは、古い指導層を踏み越えゆく巨大な層の自身の力についての自覚のさらなる徹底化が、ただに古ぼけた指導層によつて滑稽にひきとめられているばかりでなく、新しく登場した知的な指導者群によつても《生真面目に》おしとどめられているからであつた。その生真面目な合言葉は、憲法擁護、民主主義擁護、国会正常化という類の言葉によつてはじまつているが、民主主義にも支配者の民主主義と働くもの自身の民主主義があるという《偏見》をいだいている私としては、前記の立場に立ちどまつていることができないのである。

大衆的行動の常として、氏は一部の知識人が闘争にあらたに参加することによって多様化し、運動の激化にともなって、いくらかの認識の差異を起点にして一部の知識人が保守化するという動きを察知する。現在知識人という用語はほぼ無効に近いけれども、ともあれ、彼らは同一の問題を異なった観点から議論の対象にするが、そのひとつが「憲法擁護、民主主義擁護、国会正常化」というスローガンにも現象していることを示唆している。したがって、その当時における論争や論議の内容をじっくりかみしめておきたいが、やはり割愛する。「憲法擁護」そのものは、その内容に差異があれ、現在も焦点化した九条にかかわる右翼層の戦争推進策動の改憲問題である。

また「支配者の民主主義と働くもの自身の民主主義」という二つの考えも仔細に検討する必要があろう。詳しくのべないが、「支配者の民主主義」は、権力関係のなかでつねに機能していて、合法性の鎧をまとうことにより、たとえば非常事態的認識を巧妙に駆使する。また独裁的民主主義は民族主義を鼓舞することによって、ナチス・ドイツがワイマール憲法を歪曲・無効化して、独裁政治の道を切り開いたことにしめされている。議会の多数決を尊重することは右翼権力主義的民主主義者が多数派を保持しつづけている日本の保守的政権の常套的な主張にすぎない。権力を擁護・専制化する民主主義でしかない。それと同じように、「働くもの自身の民主主義」も自覚的な個人の《自己権力》を追求するものから、市民・労働者・農民・知識人など広範な人々の総意として要求する民主主義など多義的な要素を含んでいるであろう。非暴力主義も同様である。氏が《偏見》というのは、単なるレトリックであって、そのような認識が一般化されていないことの証でしかない。「民主主義」論議には欠かすことのできない視点だということができる。

氏が念頭においている「革命」概念はすでにしめした六〇年の数年前におこったハンガリア

革命の挫折の経験もそのひとつである。念のために同じ文章から引用しておきたい。

現代革命が負っている拭いがたい烙印がここにもかしこにもある点で、私の脳裡から遠いブダペストの幾多の景観がついに離れ去らないのであった。

そこにはつぎのようなきびしい教訓となるべき共通の烙印がある。

支配している外国の軍隊の駐屯
経済的要求をもったデモの騒擾化
高校生、大学生など青少年の英雄的活動
ペテーフィ・クラブを中心とする文化人の積極的活動
自国軍隊の革命の側への参加
統一戦線内閣と潜在的な中立化の要求
外国軍隊の数次にわたる介入
労働者評議会の創設

氏は最後にあげた「労働者評議会の創設」がもっとも重要だとみるが、みぎに列記した要因をあげながらハンガリア革命の悲劇的な敗北の理由を検討したのであった。ここで注意すべきことは、六〇年安保闘争の総括をするときに、数年前にソ連の介入によって敗北したハンガリア革命の事例のいくらかを云々することが可能であったという点である。いわばロシア革命後の革命史の問題、第二次世界大戦前から戦後にかけての米ソ両国を中心とする世界の激動する政治状況の分析を要求するものであった。その上で、自由主義国という曖昧な概念を乱用する資本主義諸国と一国社会主義に局限された社会主義諸国との葛藤や軋轢の諸相を精査するという面倒な考察を進めたのであった。論理的思考はともあれ、考察の対象として隔世の感がするというのは、このような点にも顕著にしめされている。

「六月の《革命なき革命》」の核心は、みぎの通りであるが、ところで、現在、一六年の夏に通常の参議院選挙があるということで、安保法に反対する立場から、選挙の問題も云々されている。氏は選挙に関しても独自な見解を懐抱していた。例えば六〇年安保闘争敗退後の学生運動、民衆運動退潮期にあって、日本共産党を批判する新左翼集団のうちの一党派が、選挙を批判するために「反議会主義」の名の下に選挙闘争を実践したことがあった。その動きに対し、氏は「反議会主義」という一点に賛同するゆえに自分の名を自由に使ってもよいという了解をその党派に与えた。これは氏らしい対処法である。

ところが、自己権力の確立、永久革命推進を念願する氏がこのような対応をするのはあまりにも安易ではないかという批判がおこり、小さな論争が氏の近辺の人々とのあいだに生じたのである。氏も認めたように批判者の方が論理において明快であった。ともあれ、氏は自らの戦前に体験した左翼運動をふくめて、自己権力の問題に拘泥した。つまり、「選挙」の本質的な点においても、みぎの認識と相似の考え方が語られたのであって、これが氏の考え方の基本だということができよう。「選挙について」(「東京新聞」一九六〇年一一月一〇日〜一二日)で、なぜ棄権しつづけているのかという問いに、氏は端的に支持すべきものが見つからないから投票に行かない、とする。ところで、戦後になり選挙権をえた母親が氏にいだいた不審を想起した。戦前に左翼運動で逮捕され、母親は獄中の氏とその考え方や思想について手紙の遣り取りをしたことがあった。また氏の友人には左翼の人たちが多いので、氏が当然投票に行くものだと母親は思っていた。だが、氏が投票に行かないのを見て、深い不審、納得しがたい驚愕や困惑をおぼえたようである、という。そのために、氏は担いがたい暗い苦痛を感じたのであるが、自分の真意はこうだ、としてつぎのようにのべている。

一票を投ずることによつて一日だけ主権者になるという政治の任務を果したと思えば、

絶えざる主権者としての姿勢をとりつづけぬことにもはや非一貫性を感じないのである。

（中略）

私達が現在眼前に見ているのは、これまでの矛盾を許しあう断絶の歴史の方向に従つて、二千万を越える労働人口のうち六百万という三分の一の組織に過ぎないのであつて、爾余の三分の二にのぼる巨大な労働人口はいまなお未組織の荒野に残されており、そして、この厖大な人口が民主主義の留め石となつていないことが民主主義のなかの選挙という見事に一貫した巨大な体系の成立をさまたげているのである。


数年後に、これをさらにいいかえてつぎのような独自な観点も提示する。「私は嘗て、一票を投ずることによつて一日だけ主権者になることが絶えざる主権者とならないことの免罪符となる、と書いたことがありますが、現在は、一票を投ぜないことによつて一日だけ否定者になることが絶えざる否定者とならないことの免罪符となる、とでも言い換えねばならぬ時代」（「自立と選挙」、「週刊読書人」一九六二年五月）ではないかと諧謔をこめてのべたのである。

興味深いレトリックにみえるが、ところで、氏にあっては〈主権者・否定者〉は、すでに引用した文章の題名にあった「自己権力」に包摂される概念にほかならない。氏が六〇年安保闘争の過程できびしく提示したのは、「自己権力」を実質的な自己権力へと昇華することによって「自己権力への幻想」を廃棄することにほかならない。また、市民意識やそれに付随する自由や幸福の擁護を実体化する市民革命を希求し、労働者評議会の創設を基礎としたあり方の要望であった。そのような見地から、真の選挙は労働者評議会における民主的なものやコンミュンのそれをも凌駕するものだと考えていた。それはほかでもない、選挙そのものを揚棄してしまうことだということができる。これは、民主主義の転倒とも通底することをしめしているであろう。つまり、氏の示唆した〈主権者〉〈否定者〉は、何処に向けて進んでいるのか曖昧な過渡的な世界において、自己権力への道を求めるもの、疎外と抑圧を強要する権力へ否定者として対峙しつつ自覚的な生き方を貫くものとしてのあり方ではないか、と主張したかったといえるのである。

しかしながら、現実はそのずっと手前でとどまっていた。その一例として、六〇年当時と現在では労働者数などは大きく異なっているが、あくまでもおおざっぱな概算としてつぎのようである。正規労働者数は三〇〇〇万人、パートタイムをふくめた非正規労働者は二〇〇〇万人、そのうちの労働組合員数は一〇〇〇万人を切っている。厚労省の二〇一二年の古い調査によるが、雇用者数に占める推定の組合員数としての組織率は一七・九パーセントで、九八九万人強のようである。その上、六〇年当時と現在の人々の労働者・組合認識はおおきな相違が認められるであろう。労働者意識の後退ははなはだしいはずである。埴谷雄高的にいえば、六〇年当時より悪化の度合いはひどく、五分の四以上が未組織の状態であり、個人の一定的な権利意識、労働者としての自覚があると仮定しても、未組織の厖大な人々が荒野に投げだされ、闇のなかに放置されているということができそうである。悪条件のもとに、これまたおおざっぱな言い方だが、選挙に臨んだとしても「民主主義のなかの選挙という見事に一貫した巨大な体系の成立をさまたげている」状態は相変わらず変化しないし、そのような認識が多くの人に肉体化されていないであろう。ヒューマニズムや自由、市民意識、労働者意識などに立脚した民主主義そのものが危機的なのである。

また民主的な選挙云々といっても、これまで保守的な政権がつづいたことに端的に表れているように、氏が批判した選挙における一日だけの主権者や否定者という構図そのものすら、成立していないのではあるまいか。そのために、権力側の有利になるように、法律や常識をないがしろにしながらいわゆる「アメとムチ」が駆使されて、より巧妙に籠絡されつづけている愚昧な状態だともいうことができるであろう。このことは日本が成熟した高度資本主義社会で、国民国家の豊かな国だと誇る人々がいるのと裏腹に、貧困はきわめて深刻な状況である。貯蓄がない世帯が三〇パーセントくらいにもなり、生活保護世帯が一六〇万世帯を超え、六人に一人の子供が貧困にあえいでいる状態でもあり、この現状は権力者のいかなる二枚舌も遁辞も許され得ない。階級社会とは異なった性質の階層的な格差社会が深刻化しつつあるのは多くの人が認めるところであろう。

わたしはここまで埴谷雄高自身に語らせることによって、現在において根本的に考察すべき諸課題のありようとその方向性のいくらかを示唆したつもりである。一九六〇年代前後は、すでにふれたように、おおきな過渡期であり、敗戦後日本の社会的・経済的・政治的状況をどのような方向に導いていくか、鋭く問われていた時期であった。けれども、日本の近代と戦争にかかわる歴史的問題を捨象し、文化的価値を軽視した精神的頽廃が目をおおうばかりである。これは一部の人を傲慢にさせた経済的繁栄と表裏一体となっていたというべきである。

ところで、現在もさらに先行きの解らない過渡期にほかならないのであって、埴谷雄高がいわば三番目の才能において披瀝した文章を素描することですら、わたし達が現在おかれている時代の危機的な条件が尖鋭なかたちで透過されるということになろう。まえに、より本質的で根本的な認識と精神的闘いが跡づけられたとのべた「自由とは何か」「不可能性の作家」などは、精神と感受性が軽視された薄暗い現実の闇に鮮やかな花火の光輝を開きみせてくれるはずである。そして、わたしの根本的な欲求は、このような低次な問題に拘泥しないで、氏の一番目の才能で花開いた『死靈』世界を凝視し、その世界からの深い叡智や文章の精華を酌みとりたいということなのである。

埴谷雄高の「六月の《革命なき革命》」の大概について注釈しながら、わたしのいう「九月の《変革なき変革》」のありようを遠回しに示唆したはずである。考察すべき基礎的な思想的・政治的・社会的基盤や実体が驚くほど変化しているし、人々の社会的な認識や生活の意識などもおおきな変質をみせている。「革命」という考え方などはすでに忘れ去られ、屑籠に葬り去られた観念や志向でしかないといえそうである。七〇年代中頃からその変質は加速度的に昂進していたといえる。そのとき、よりゆるやかな「変革」という考え方やその内実も変質を蒙っているし、変革の対象や志向もこれまた大きく変わっているであろう。そのため、《変革なき変革》というのも、語義矛盾をあえて冒しているということになるのであろうか。

さて、それらが変化しているとしても、現在の安保法施行をはじめとする悪法に対して戦うという場合には、古典的な統一戦線の考え方でしかないが、「別個に進んで、一緒に撃て」というかたちで進められるのに反対ではない。もとより、現在の政治的・社会的、また市民的・労働者組織的な側面や条件のもとで、権力の分断策謀に対抗するのは、常套的な言種だが〈言うは易く行うは難し〉というべきかもしれない。これまで温存されつづけている個人、家族、共同体、国家などについての認識、また、生活感、美意識、芸術観、人間認識、文化意識など、微細な価値意識からイデオロギー的な側面までにおいて、何らかの〈変革〉の微かで小さな一歩でも踏みだしていこうということに賛同するものである。

すでにのべたように、この随感録は、昭和と平成、二〇世紀と二一世紀のおおきな差異をみせる転換期という枠組みのなかで、変革の実質的な内容がどのように焦点化され、明確なイメージとして結実されうるものであるか否か、考察する便宜としての枠組みを描いてみたにすぎない。

その四
子供の貧困、虐待、凌辱、死
——現代的不安と危機について

今回の随感録の総題を「現代的不安と危機について」ときめる。すると、これに類似した題名で書かれた文章はわたしの知るかぎりでも多すぎるほどある。また、あまりにも常套的でありすぎるように感じられる。「不安と危機」の内容をいくらかにわけてかんがえようとしても、この違和感はのこるので、書きすすめていくなかで、解消するしかあるまい。

というのも、ある一つの時代の精神的・象徴的な問題や動向などを表現しようとするにあたり、書く人が「現代」と表記するのはありきたりの用語の選択で、書く人の時代がたえざる現代だからにすぎない。また、「不安と危機」はある時代のなかの共同体や社会や世界の基盤が表面的に安定をしめしていると仮定しても、ある個人にとっては、社会的な安定とは異なった側面や現象などにおいて、つまり性質の異なった個人的な内面における「不安と危機」がある。個人はそれぞれの位置・立場、条件などのもとに、それを感じ、さいなまれることがないわけではないのである。というよりも、この感覚は現に生きて在る人にとって遍在しているというべきかもしれない。これもつねに人間存在に内在するものとしての「不安と危機」にほかならないのである。

数ある「不安と危機」のうちでも、今回の個別的なテーマとして〈子供の貧困、虐待、凌辱、死〉について最初にあえて書いておきたいと感じたのは、近年この痛ましい子供をめぐる出来事があちこちで頻発するためである。すこし前にわたしの居住している市でも生じた事件である。以前からそう思っていたが、「子供の問題」は特異な事件ではなく、古くから無自覚にくりかえされた蛮行であり、一種日常化されている悲惨な出来事だと感じられるからでもある。たとえば、厚労省の発表によると、全国の児童相談所が二〇一五年度には、およそ一〇万三〇〇〇件ほどの児童虐待に対応したという。それらの内訳は、家庭内暴力をふくむ心理的虐待が全体の約半数の四七パーセントをしめる。また、身体的虐待が約二七パーセント、育児放棄が約二三パーセント、性的虐待が約一五〇〇件をこえるほどだという。この数字には暗澹とさせられる。背後には件数ごとに個々の子供たちの直接的な不安や危機が刻みこまれ、兄弟・姉妹、親子、家族、学校、地域共同体などの関係性や意識のあり方、社会的なそれらがひろがってている。わたし達に根本的な立て直しをせまる過酷な事態にほかならない。

これらの虐待の多さに直截関係ないが、わたしは以前から書いておきたいと考えていたことがある。それはドストエフスキイの諸作品には子供の貧困や虐待や死を強烈な光で照射した作品がおおいので、ほぼ子供の問題として総覧できるのではないかという予測にかかわっている。つまり、特に少女の凌辱を描出した『罪と罰』（一八六六七年刊、翻訳はすべて米川正夫）と『悪霊』（一八七三年刊）があり、また『カラマーゾフの兄弟』（一八八一年刊）にはさまざまな側面から子供の問題が剔抉されている。わたしが書く課題としている本質的な核心部分が何であるかという全体的構図をこれらの作品を中心に考えていくことができるはずなのである。

ことわるまでもなく、『カラマーゾフの兄弟』のイヴァン・カラマーゾフが「叛逆」の章で「子供の問題」についてきびしい弾劾をくわえたのは周知のことである。それはのちにくわしく分析するつもりである。一言でいえば、極限的な状況のなかで、子供の凌辱や死が指ししめすさまざまな負の条件やおかれたひどい環境などはそれぞれことなっていて、一般性としてとらえることのきわめて難しい問いかけであった。それらは単に作者ドストエフスキイの生きた一九世紀的な特質を有する事件ではない。古代からこの種の行為とそれに対する問いかけはなされていたにしても、彼が提示したほど明晰なかたちで表現されていないといってもよい。そのような言表しがたい悲嘆にみちた出来事は通奏低音のごとく低く鳴り響きながら歴史的流れとして連続している。

一言で、これこそ人間に特有の先天的・歴史的な悪行のゆえに生じている呻き声だといえるのではあるまいか。悪行となにげなく書いたが、同時に、イヴァンの糾弾の対象はさまざまな意味で〈悪〉や〈人間の本質的欲望の醜悪さ〉などである。それをさらにつきつめるならば、人間とは何か、愛、真実、善、美、寛容、連帯性、宗教、世界などとは何かという解きあかすのがきわめてむずかしい一種永遠の解明課題をきびしく問いただすものにほかならない。

ところで、数年前によんだ書物の一節がただちに想起され、現実におこった出来事と相まって子供のことについて書くのをさらに促されたのである。つまり、わたしにさまざまな面から書くことを促したのは、時代も状況も異なるが、原子力発電にかかわる基本的な危険性や政治のエゴイズムなどをきびしく批判したスベトラーナ・アレクシエービッチの『チェルノブイリの祈り』（松本妙子訳）につぎのような一シーンが記録されているためであった。この作品はノーベル文学賞を受賞したのでよんだ人もおおいと思う。

私は産院の看護婦でした。（中略）「たいへん、強盗よ！」。あいつらは黒い覆面をし、武器を持っていた。まっすぐに私たちのところにくる。（中略）そのときです。妊婦が、喜びに満ちた安堵の声をあげたんです。そして赤ん坊の産声。たったいま生まれたんです。（中略）赤ちゃんにはまだ名前もなにもなかった。あいつらは私たちに聞く。「クリャーブのタジク人か、パミールか？」。男の子か女の子かではなく、クリャーブかパミールか？私たちは答えない。（中略）すると、あいつらはこの赤ちゃんをひったくって、窓から投げすてた……。赤ちゃんはたった五分か一〇分この世に生をうけただけ。（中略）こんなことのあとで、どう生きればいいの？　どうして子どもを生めて？（泣く）産院でのこの事件のあと、私の両手には慢性湿疹が広がり、静脈が浮きでてきました。

民族的・人種的な差別、偏見などは、まったく状況も、対象も選ぶことなく、もっとも無力なものにむけられて爆発する。原子力発電所の爆発などとは直接関係ないままに、付随的な事件として嬰児がなんの理由もなく窓の外に投げすてられるという事件がおこる。いや、理由などを云々するのは精神的な弛緩でしかない。不条理でしかないそのような悪行は、権力者とその周辺のものばかりがなすのでなく、残念ながら、被差別者や被抑圧者がなす場合も多いのである。また、「普通人」「一般人」と呼びならわされている人たちもある状況のなかで、こうした悪行をなす場合がある。連綿としてつづいている暴力、テロリズムもその典型の一つにほかならない。抑圧者と被抑圧者のきびしい対峙・対決の過程のなかでも生じるものである。分析はのちに回すが、イヴァンが「小さな受難者の、償われざる血潮の上に建てられた幸福を甘受」することなど許容できないと抗議するのも当然である。またそうした条件下で、「くだらない善悪なんか認識する必要がどこにある」というニヒリスティックな弾劾の言葉を発するが、この真実の言葉も特筆するに値する。ここには理解も認識も超えた錐で突きとおす類いの真実が秘め隠されている。

それゆえに、子供の悲劇を目にしたり、考えたりする人々に〈こんなことのあとで、どう生きればいいの？〉と深く沈思させるのである。このきびしい問いかけを記録として残すことは、作者の心からの叫び声を吐露したものである。また同時に、わたし達に世界のあちこちで無意味に発生しているこのような悲劇をあらゆる知恵をしぼって乗り越えていくように促している。これこそ心底からの呼びかけだということができよう。非道が大手を振ってまかり通っている社会や世界だから、リフレインのごとくくりかえされざるをえない要求なのである。

右のアレクシエービッチの書物は、たまたま、二〇一一年の東京電力福島原子力発電所の爆発と一九八六年の旧ソ連時代に爆発したチェルノブイリ原発（現在ウクライナ）の問題が忘却の淵に投げこまれようとしているので、念のために手にとってみたものであった。余談になるが、福島原発の被害が思いがけない場所に甚大な被害をあたえているように、チェルノブイリはその先例をしめしたものである。旧ソ連が解体され、ウクライナ、ベラルーシなどは国家として独立した。けれども、旧ソ連・クレムリン政治家・官僚の原発被害の野方図で犯罪的な対応によって、現在は異なった国として独立した両国が、処理できない甚大な被害を引き受けて多くのものが苦しみ悩みつづけているのである。

この構図は国と地方町村の差があるから放射能汚染の面積は異なっているが、福島県やその周辺の県などの住民たちが被害に苦しみ、いのちをすり減らす苦痛や苦悩にさいなまれているのとほぼ等質のものとして顕現している。これもきわめて犯罪的な対処法なのであるが、どちらの場合も、当事者である電力会社や原発開発を政策として実行している為政者や国家などは、甚大な被害にたいする人間的・社会的な責任をとらないままに事態を放置している。これは歴史と科学的知識にたいする傲慢な挑戦にすぎない。かつてのソ連・クレムリンと同じ無責任体制が跋扈している。あいかわらず、権力やメディアがなりふりかまわずに卑劣なやり方で力なき被災者にさまざまなかたちの暴力をふるっているだけではないか。政治権力、資本の暴力のしめす虚無のどす黒い広大な空洞があの空間の足元にひらいているのである。

論をもとにもどして、〈子供の貧困、虐待、凌辱、死〉の主題について考えすすめていきたい。ことわるまでもなく、この論における考察は、現在の日本でおこっている現実の出来事はできるだけふくませないですすめる。子供の問題をさまざまな角度・視点から書いたわたしの親しんでいる作家における表現世界の問題に限定して考察するつもりである。もとより、それらを熟視することで、現在生起しているさまざまな「子供の問題」を考える肝腎な手がかりを把握できるだろうという予測はいだいている。

ドストエフスキイの処女作の題名が『貧しき人々』（一八四七年刊）であった。一八四〇年代当時のロマノフ王朝時代において、ナロード（民衆）の多くは農奴であり、ひどい貧困にあえいでいた。まだ農奴解放もされないで、貴族や官吏・公務員、都市の豊かな商人や生産会社の経営などで潤っているわずかな人を除いて、大多数の人々において貧困はあまりにも一般的でありすぎた。人々はその日暮らしでいのちをつないでいたということができる。したがって、民衆においては具体的な貧困の諸相——経済的・精神的・人間的・社会的な関係など——こそが問われることになるのである。

こうしたロシアの時代状況のなかで、民衆をさいなんでいる貧困という社会的・人間的な問題を一人の個人の生き方、内面の問題として文学的に考察したのが『貧しき人々』にほかならなかった。文字通り作者が世に出た作品となったこの物語は、一人の中年の下級官吏と一七歳の少女の精神的交流をじつに克明に描出した作品であった。いわばロシアの当時の現実と人間のきびしい葛藤の一面を剔抉したものとなっている。

この作品は下級官吏のマカール・ジェーブシキンと一四歳で父を亡くし、その後母をも病気でなくして、親類に引き取られた一七歳のヴァルヴァーラ・ドブロショーロヴァの恋愛とその破綻にいたる過程を微細に描出した書簡体小説である。〈貧しき人々〉と作者が形容することで、ロシア四〇年代の貧困のありようを摘出するとともに、〈豊かさ〉とは何かという根本的な問いかけを逆説的なかたちで問いかけたということもできる。プーシキン、ゴーゴリを継承するロシアの当時の文学の一つの新しいもくろみだといえた。下級官吏は貧しいといっても一定の俸給をうけている。一方、孤児となった少女は、知りあいの人にすがりながら、内職で日銭をかせぎ、自らのなけなしの生命力をふりしぼって生きていかなければならない。そのとき、中年の男と少女が日々を生きることにおいてお互いの感受性、人間性、洞察力を培っていくことも可能となるのである。彼女の貧困のあり方は、これからみていく多くの子供達のものと性質は異なるが、作者は〈貧しい〉ロシアの現実、子供達を表現し、特にいわゆるナロード・民衆像を描出して、このようなロシアを変えていきたいという強い内面の欲求を表現したといってもまちがいあるまい。

さて、《貧しき人々》のドブロショーロヴァのように両親の在世中の少女時代は一種の黄金時代を送ることができたにもかかわらず、その後貧困のそこで喘ぎながら生活するというのは、しばしばみられる事態である。ところが、これから考察する彼の後期長篇小説に描かれる子供たちの貧困や凌辱などについて表現する人物たちは、彼の作品において、きわめて典型的な構図をもっている。それをよく示すものとして、前期と後期の作品群をわける分水嶺である『地下生活者の手記』(一八六四年発表)の主人公・地下室人が提出した一つの決定的な見取り図をみておきたい。その積極的な観点は、作者がシベリアの監獄のなかで認識した彼にそなわる譲りわたすことのできない『生活力』の認識である。これは自らの未来を見すえながら切り開いていこうとする生命力だととらえなおすこともできる。その一方で、もう一つの否定的な観点は、あの地下室人が実生活から絶縁した「死産児」であり、生きた父親から生まれた者ではないと感じ、自分には《生きた生活》がなく、《自分自身の肉体と血とをもった人間》ではないと嘯いたあり方にほかならない。

つまり、前もっていってしまえば、この生命観は肯定的な《生き生きした生命力の豊かな流れ》とその反対の否定的な《幻想的・空想的・譫妄狂的な認識の淀み》と二元化することができるのではあるまいか。その確認の上でいいかえれば、『罪と罰』のスヴィドリガイロフ、『悪霊』のスタヴローギン、『未成年』(一八七六年刊)のヴェルシーロフ、『カラマーゾフの兄弟』のイヴァン・カラマーゾフなどに共通する心的傾向が、幻想的、幻覚的、空想的、譫妄狂的な意識への埋没としてみられるといいうるのである。ここにはおそるべき悪徳、もし子供が対象になれば、「虐待、凌辱、死」がもたらされる悲惨が待ちかまえていることにほかならない。これは宇宙の広い空間をしめる未知の暗黒物質、光をはじめすべてを呑みこんでしまう巨大な未知の謎めいたものを暗示する《怖れ》を類推させられるであろう。いわば人類史・地球の生命を一口で呑みこんでしまうおそるべき巨大な怪奇的物質に近似している。

さて、後期長篇小説の時代の暁鐘をかなでた『罪と罰』にも、少女の凌辱を顕著にしめす一節がある。老婆殺しに悩むラスコーリニコフを脅かす意識の悪の権化だというべきスヴィドリガイロフが戦慄のなかでみる夢にはつぎのような厭わしい状況が表現されている。夢であるが、現実の忘れがたい事実のある反映であるといってもよい。これから展開する見方のいくらかは拙書『極限の夢に憑かれたものの窮極』(二〇〇四年刊)で考察した点と重複する面があるが、重要なものなので煩をいとわないでしめしていきたい。

スヴィドリガイロフはこの娘を知っていた。この柩のそばには聖像もなければ、ろうそくの灯《ともし》もなく、祈禱《きとう》の声も聞こえない。この娘は身投げをした自殺者であった。彼女はまだやっと十四でありながら、その心はすでに破れていた。この心はたえがたい凌辱《りょうじょく》を受けたために、われとわが身をほろぼしたのである。その若々しい子供らしい意識を脅かし、慄然《りつぜん》と恐れおののかしめた凌辱は、天使のように清らかな彼女の魂を羞恥《しゅうち》の念にひたして、風吹きすさぶ湿っぽい雪どけの夜に、やみと寒さの中で、だれの耳にもはいらない絶望の叫びをひと声ふりしぼって、ようしゃない悪魔の嘲笑《ちょうしょう》とともに身をほろぼしたのである。

ところで、その後、スヴィドリガイロフは立ちあがって外へでようとすると、洪水を知らせる号砲をきき、また柱時計が三時を打つのをきいたのであった。彼は自殺にはもっともいい状態だと思いつつ外出しようとした。勘定をすますべく廊下で人を探すがみつからないのみか、五つくらいののびしょ濡れになった幼女が泣いているのに出くわした。親切に幼女を寝かせつけると、幼女においてつぎの事態が生じたのである。

なにかしら、ずうずうしい挑発的《ちようはつ》なものが、まるで子供らしくないその顔に光っている。それは淫蕩《いんとう》である。それは娼婦の顔である。フランスの娼婦の無恥な顔である。おお、もうてんで隠そうともせず、両の目を開いている。その目は火のような無恥な視線で彼を見まわし、彼を呼び、彼に笑いかけている……（中略）「ええ、このけがらわしい女め！」娘に手を振りあげながら、スヴィドリガイロフはぞっとしてこう叫んだ。……けれど、その瞬間に目がさめた。

彼は同じベッドの上に、同じように毛布にくるまっている。

これは夢で見られた少女の姿なのであるが、ともあれ、きわめて奇妙で異質な夢だということができよう。ラスコーリニコフが彼は謎だと呟いたことがあったが、これはスヴィドリガイロフにふさわしい悪夢だといえる。その悩ましい夢をみながら、彼はすっかり疲労困憊していたのである。

彼が自殺するおりに、みぎに引用したような悪夢のなかの悪夢を辿りつづけたのは、彼の生き方・実存の、というよりも存在していることの悪徳を体現していた。文字どおり「怪物」の顕著な、典型的なあり方を如実に示すものとして、きわめて印象的な描出だといえよう。これを幻想的、幻覚的な悪徳への傾斜をもたらす意識の突出部分としてとらえておきたい。妻を毒殺したと噂されていたスヴィドリガイロフには恰好のおぞましい行為を点綴したということになる。「怪物」の隠された深刻な一面を顕著に表面化させ、わたし達にこのような人間というものを超克することがはたしてできるかどうかと問いつめているようでもある。右の引用は、幼女凌辱の「夢」であるが、恐るべきことに、彼においては事実と紙一重の行動と発想にちがいないと直覚させられるのである。これは幻想的・幻覚的・空想的な人間の悪行であるのだが、悪徳への一種どす黒い嗜好をもつ人間に隠されたある意識下のものが突出・表面化した一例だとみなすことができる。

ほぼ同質の目を背けたくなる惨酷な出来事が『悪霊』の主人公・スタヴローギンの「スタヴローギンの告白」にも描かれている。この告白が書きとめられた一節は、雑誌掲載のおりに編集者のカトコフに削除されたものである。作者はのちにこの「告白」を復活させるよう手をつくしたが、おぞましいばかりの内容である。原稿はのちに作者により徹底的に推敲されたようであるが、現在、物語と無関係なままに『悪霊』第二編の最後に挿入されている。

スタヴローギンはまずつぎのように自らの性癖を告白する。「卑屈な、陋劣な、しかも何より滑稽な立場に置かれると、無限の憤怒とならんで、たとえようもない快感が湧き起こるのが常であった。犯罪の瞬間も、生命に危険を感じた時も、やはり同様である」。このような性癖を有する彼が、マトリョーシャという少女に関係をもつ。その頃たまたま、ナイフ紛失により母からお仕置きをうけた事件がマトリョーシャの身に起きた。ところがその後、これも偶然的に、彼が少女を膝のうえにのせ、接吻し、たえずうわごとのような言葉をささやきかける出来事も生じた。少女はこの一連の行為に歓喜をあらわして、彼女のほうから接吻でこたえる事態が生じた。だが、その後の彼の冷酷な振舞いや無関心の装いにより、少女は自分が醜い行為をあの男となしてしまい、これは死に価すべき罪を犯して「神様を殺してしまった」と感じるようになったのである。一方で彼は自らの体面だけを気にして、このことを少女がだれかに告げ口をしなかったか、という恐怖を抱くようになっていた。

一二歳の彼女は一連の出来事により熱病をやむまでにいたった。数日後に部屋に居あわせた彼にたいして、病床から彼女はおきあがり、彼にむかってこころの底からの怒りをこめて顎をしゃくりあげた。さらに彼女は憎しみの情を表した。

ふいに、彼女は余に小さな握り拳をふり上げて、その場を動かずに威嚇をはじめた。最初の瞬間、余はこの動作が滑稽に感じられたが、だんだんたまらなくなって来た。彼女の顔には、とうてい子供などに見られないような絶望が浮かんでいたのである。

狡猾な彼はいっさい彼女にかまわなかった。彼の無情な仕打ちにより、あろうことか、彼女は鶏小屋のようなせまい物置での自殺へと駆りたてられてしまったのである。彼は彼女の行為を悪意をこめながら計量していたのである。最後に、この気の毒で哀れな少女の死の姿が、彼によって物置の板の隙間から確認されたことが描写されることになる。

彼の醜悪な告白は、この作品全体の結構からすれば、作品末のスタヴローギンの「遺書」と対応しているが、この論の範囲を超えるのでしるさない。ともかく彼はこの出来事において「余はおのれの解放を喜んでいる自分が、卑屈で陋劣な臆病者だ、しかも、一生――この世でも、死んだ後でも、けっして潔白な人間にはなれない」といった認識をかたることになる。また、「自分は善悪の区別を知りもしなければ、感じもしない」という。その告白の背後には目を塞ぎたいほどの悲惨が刻みこまれていたのである。いうまでもなく、このような陰惨な行為を叙述することは、主要な作中人物たちの内面のもっとも反人間的で、また恐るべき悪魔的な暗部がてらしだされることを前提としている。このような救いがたい言語を絶した状況こそ、凌辱された少女たちの死のありようについての悔悟だというべきであろう。これは《生き生きした生命力の豊かな流れ》をせき止めようとする泡立つ激流であり、渦巻きであった。少女達はいのちの喜びを知らないままにそこに呑みこまれて惨酷で悲惨な運命を体現してしまったのである。

作者は『罪と罰』『悪霊』の二作ともに子供の問題を主題として書いたわけではない。作中人物たちの犯した子どもの凌辱を描くことで、彼らの裡に秘められたある究極の〈悪〉の片鱗を突出させておいたというべきかもしれない。これらはあまりにも非人間的な極限状況のあり方で、論理的解明を拒否した謎めいた一節にほかならない。

一方で、『白痴』（一八六八年連載完結）は前二作とことなって、貧困や凌辱などを直接に描いてはいない。ヒロインのナスターシャ・フィリッポヴナは両親を亡くしてから知り合いに引き取られ、美しい一二歳の少女に成長していた。ところで、少女のときに引き取って人に彼女の教育を頼んでいた地主・トーツキイがたまたま彼女を見た。「この道にかけたらトーツキイは、けっして眼鏡違いなどのない大家であった」。そこでトーツキイは美しいナスターシャを自分好みの女に仕立てあげることにしたのである。

その後、そのトーツキイに結婚話が持ちあがると、どうしたわけかナスターシャは非凡な行動力を発揮してペテルブルグの彼のもとに乗りこんでいった。彼女の反抗と困難な目眩く自立のたたかいがはじまる。

今まできわめて有効に使用することのできたいいまわし、声の調子、愉快で優美な会話の題目、以前のような論理、——もう何から何までいっさい変改《へんがえ》しなければならなかった。彼の前にはまるっきり別な女がすわっている。（中略）

この新しい女は、いま見れば、驚くばかり多くのことを知り、かつ解していた。

これ以降の彼女は、これまで巧妙に自由を束縛され、未来を制約され、また男の自分勝手な目的にしたがって育てられた過去の一切を拒否する。ナスターシャは自らの弱さを知り、また自分の求めるものを模索しながら、自己自身を実現すべく独自な生活に邁進していくのである。これは少女期の不幸や凌辱感から脱出するいとなみである。また、ついには死にいたる悲惨を自らの選択と化する一つの指標のごとくの女性像を出現させたということにほかならない。『貧しき人々』の少女は中老の男との間の幸せを求めながらも、やむなく他の男のもとに嫁すことになって物語はそこで終止符をうった。けれども、ナスターシャは、トーツキイを拒否・

否定し、作中の他の男性や女性たちと立ち交じりながら、物語の主要な流れを形成していった。この屈辱や束縛を超克した《新しい女》が『白痴』を作品として見事な世界へと飛躍させることになったのである。美しい人ムイシュキンの創出はもとより、彼女の生き方の発見において、ドストエフスキイは作家としての多角的な視野と構想力、想像力をはっきりと提示したともいうことができよう。

これらの作品は別の観点からすれば、一八四〇年代から一八六一年の農奴解放令をへて一八七〇年代にいたるロシアの現実をあますところなく活写した世界だといいかえてもよい。女性たち、妻や子供などを平気で殴打し、あるいはなぐり倒したロシアの男たちは、女性を一人の個人的な存在として認めていなかった。貴族階級もそうであるにしても、ロシアのナロードには、人権の意識などこれっぽちもなかった。ロマノフ王朝の貴族社会はさまざまな差別構造と偏見にみちた人間・社会認識で成立していた。ドストエフスキイが一八六一年三月に「ロシア報知」という雑誌で、わざわざ女性の人権、生存権、自由権、つまり《女性解放》をとなえ、女性は男性と同じ権利を有するのだと宣言するのも、当然の社会的環境に変化していた。ただし、彼は「キリスト教的人類愛、相互的愛」という限定をつけていたとしても、さまざまな女性の悲劇を知悉していて、あえてそう主張せざるをえなかったのである。

三作品に共通する主人公の《意識の悪》《反人間性》の一面を剔抉しようとしたときに、幼女凌辱の一場面が無意識下の現存のあり方を暗示するようにうきぼりにされたということができる。幼女・少女を起点としてもっとも極端な差別、偏見、悪徳を描出することにおいて、作者は人間の根源的なあり方は何かという問いを突きつけたということにほかならない。これは作家としての一種の冒険である。というのも、ドストエフスキイに好意をもたない人々から、ドストエフスキイという作家は、スヴィドリガイロフやスタヴローギンのように幼女・女性凌辱や虐待を実行したに違いない男だと非難される可能性が隠されていたからである。実際そういう指弾を受けもした。どこの国の文学・芸術界においても、虚構と現実を混同する愚がくりかえされていたといってもよかろう。

ところで、ドストエフスキイは『未成年』で幼少年期から「私生児」として育った主人公と両親、周りの友人たちとの関係やあり方、社会のなかでの問題、彼の規定する《偶然の家族》というテーマで書きすすめた。このテーマについて、これからいくらかの作品を見る『作家の日記』(一八七六年一月)で「偶然の家族」についてつぎのようにのべている。

わたしはずっと前から、今のロシヤの子供を主題とした小説を書くのを理想としていた。

もちろん、いまの父親も書くのだ。現今における両者の相互関係を書くのだ。(後略)『未成年』——わたしの思想の最初の試み——を書くにとどめておいた。しかし、あの中の子供はすでに少年期を終わったけれども、まだすっかりできあがってない一人の人間として、臆病なしかも暴慢な態度で、少しも早く人生における第一歩を踏み出そうと焦慮している。(中略)わたしが取り扱ったのは、かように自分の力と自分の分別と、それからもう一つ、神のみこころにまかせて投げ出された人物である。社会が産んだ月足らずの子供である。「偶然」の家族の、「偶然」の一員である。

物語の現在において二〇歳になる私生児アルカージイ・ドルゴルーキイは、文字通り偶然の家族の一員である。実父アンドレイ・ペトローヴィチ・ヴェルシーロフと戸籍上の父マカール・イヴァーノヴィチ・ドルゴルーキイと母・ソフィア・アンドレエヴナとの関係を探りながら、彼自身の私生児意識である「怨恨・憤懣」、それの反転した精神的位相である《端麗》であることを核とした自己内面の葛藤を深めていた。この相反するものの嵐のなかの精神的彷徨こそが、彼の生の指針の獲得になり、つぎの根本的な人間存在のあり方への志向と化される。この指針は、すでに指摘した《生き生きした生命力》を発揮するというドストエフスキイ作品のもっとも重要な人間認識の一つである。これをアルカージイは《理想》としか表現しないが、理想をめざして生きる姿を点綴することは、新しい物語がそこからはじまるからだとされているのも納得できるのである。もっとも、ロスチャイルドを尊敬する彼は、力を有するものがもつ平静な意識において生活するという考え方を主張するが、それはまた別の問題である。

いいかえれば、作者は『未成年』でロシア貴族の家族・生活意識の一面を活写した。平気で〈私生児〉を生みだす夫婦・家族関係を俎上にのせた。彼の作品のなかで、自分の子供のことをすっかり忘れて、外国生活をしたり、他の女性との間で子供をもうける人物がいくたりも登場している。この作品のヴェルシーロフもその一人である。ともあれ、そうしたなかで、私生児のアルカージイが当時の差別的社会のなかで辛酸をなめながら成長していく一種教養小説的な観点からもこの物語は書きすすめられていた。彼も見棄てられた子供であるが、幸運にも庇護者がいて物質的な貧困に苛まれるということはなかった。どちらかといえば、〈私生児〉で実の父親と生活していないという精神的、心理的な側面においての貧しさや苦悩・苦痛を味わっていた。この作品で子供の虐待を云々できるのは、マカール老人が荒野の隠遁生活のなかで諸国行脚をしながら知ることになった一人の少年の自殺にみられる挿話であろう。

この少年はきちんとした両親と恵まれた生活を送っていた。ところが、父の急死により、生活が一変し、養子として他の男と生活することになった。ところで、この少年は偶然のちょっとしたあやまちで、庇護者になるべきゆたかな男から虐待されることになり、遂にその恐怖から逃げのびようとして入水自殺をしてしまうのである。

男の子は、さきほどのことをすっかり思い出すと、あっと一声叫んだまま、水ぎわへ飛んで行って、小さな拳を両方の胸へ押しあてながら、ちょっと空を見あげると（それはみんな見ておったのだ、ほんとに見ておったのだ！）そのままざんぶり、水の中へ飛び込んだ！（中略）やっと引き上げたときには、もうしたたか水を飲んで、――冷たくなってしまっていた。（中略）なんという罪の深いことだ！　この幼い魂があの世へ行ったら、神さまになんと申し上げるだろう！

キリスト教世界における自殺、それにかかわる罪と罰、いたいけな子供自身のありよう、救いの問題、子供の入水自殺に直面した男のその後のようすなど、興味深い後日談はいろいろあるが、割愛しておきたい。

ドストエフスキイはこのような子供の虐待死、自死などがロシアのあちこちでみられたと書き留めたかったのに相違あるまい。作者はこの作品で貧困は付随的な問題としてしかあつかっていない。けれども、同じ月の『作家の日記』の他の章においては、短篇小説としていくらかの作品を発表している。つぎにみる「キリストのヨルカに召されし少年」では、都市に流入した貧しい民衆の子供のさけがたい貧困として印象深く叙述している。余談になるが、『作家の日記』のなかには短篇小説「百歳の老婆」も読むことができ、作者がいうように、子供と親、老人の生き方をテーマとした作品も書き残している。これは日本で近年やかましく論じられている子供と高齢者の貧困や格差や偏見などの問題に関連していて、作者のテーマ設定の予見性を垣間見ることができるものとなるであろう。

さて、六歳くらいの幼い少年の気の毒で悲惨なありようをかいた「キリストのヨルカに召されし少年」における貧困の描写はつぎの通りである。

この少年はじめじめした冷たい地下室で、朝、目をさました。なにか寝衣のようなものを着てふるえている。(略)彼は何か食べたくてたまらないのだ。(略)少年は、飲み水はどこか入口の廊下あたりで手に入れたが、食べるものといったらパンの皮一つ見つからなかったので(略)

この少年はひもじさのため病気で寝ている母の肩に手をやるが、母の死を確認することになる。彼は口にするものを求めて、しかたなく地下室から飛びだす。そこで彼の目にするのはきらびやかなみたこともない都会のようすで、あまりにも彼の日常と違いすぎるのでそれらすべてにおびえ、あちこちをさまよう。彼は街をさまよううちに、大きな建物のなかで、恵まれた階層の着飾った子供たちがヨルカのもとで降誕祭を祝っているのに見とれた。彼はついに止むにやまれず建物に入りこんだが、大人たちに蠅を追いはらうように叩きだされてしまう。どこに行ってみても彼はいじめられつづけるのであった。仕方なく彼はねぐらをさがしてようやくある家の内庭の薪置き場にいたり、そこを恰好の休息所とした。けれども、厳寒の凍てついた休息所は彼の凍死の場でしかなかったのである。

都市の貧困、悲惨な子供の死を物語った作者は、しかし、なんとか救済の契機を書きとめておきたかったのであろう。悲惨な子供らが死後において天からの声にみちびかれて、天国の素晴らしいヨルカのそばに行くことができるように取りはからった。そこには両親に棄てられた多くの子供たちも蝟集していた。そして、子供らはキリストの子になって、キリストとともに、罪深い母親を祝福するという結末を描いておいたのであった。

このように多角的に子供と親の貧困や凌辱や死などをもたらすことになった家族形成や社会政策の問題などが対象化された。つまり、ロシアの一八六〇、七〇年代の都市化のなかでの人口、働く場所、住居、生活環境などという新しい変化や急変する事態を凝視もしたのであった。ところが、人間のおそるべき悪徳を幼女との関係において表現してきた『罪と罰』などとは異なって、『カラマーゾフの兄弟』における子供にかんするテーマは、見事なほど包括的で、ほぼ、子供の問題を考えるにあたって考察すべき中心的な諸課題が現代的な視点からいっても、十分に網羅されているということができよう。この作品の主要なテーマは、「大審問官説話」に象徴されるロシア正教とキリスト教のありかた、それらに付随した教会の位置づけ、農奴解放後の社会動向、親殺しの問題、裁判制度のあり方など多角的であった。『カラマーゾフの兄弟』は、その一つのテーマとして子供の問題があり、その追究が古典的であるとともに現代的な認識における《子供》についての総覧になっているということができよう。

まず、イヴァン・カラマーゾフは「叛逆」の章で、子供の虐待を例示しながら次のような詩的にして譲り渡すことのできない窮極の真実をのべたのであった。その前提としてカラマーゾフ的人間は、残酷で情欲と肉欲の盛んな者たちだという考えを確認することからはじめたのである。そのような彼がロシアの子供の話を集めていたという。そのうえで、彼は弟のアリョーシャにむけて話しはじめる。注意すべきは、キリスト教的な愛や善や理想などを希求する彼にむけて、イヴァンはあえて子供にたいしてなされる反人道的な虐待や死について問いかけつづけた点である。

ぼくは一般人類の苦悶ということを話すつもりだったが、それよりむしろ、子供の苦悶だけにとどめておこう。(中略)第一、子供はそばへ寄っても愛することができる。きたないものでも、器量の悪いのでも愛することができる。(中略)第二に、ぼくがおとなのことを話したくないというわけは、彼らが醜悪で愛に相当しないのみならず、彼らにたいしては天罰ということがあるからだ。(中略)ところが、子供はまだ何も食べないから、今のところまったく無垢《むく》なものだ。

彼は大人が知恵の実をたべたために堕落しはじめたと話す。つまり、彼は子供は無垢で人間離れがしていて、別の生きものみたいだと感じていたのである。ところが、そういう子供は、空腹のために豚のえさを食べたといっては折檻される。ある将軍は母親のまえで子供に猟犬をけしかけて身が引き裂かれるのをみせる。トルコ人やチェルケス人は人を斬ったり、女や子供を手ごめにするばかりでなく、身ごもっている母親の胎内から胎児をえぐりだす。そして、このような悪行を人は「野獣のようだ」というがそれは野獣にとって不公平で、人間ほど技巧的に残酷なことはできないとも彼は非難した。また、一般的に、ロシアでは人をなぐっていじめるのが歴史的、先天的で直接的な快楽となっているとも指摘した。したがって、名誉ある両親がいたずらをした五つになる自分の女の子にあらゆる拷問をして、ついに凍てつく極寒の季節に一晩中便所のなかに閉じこめたりした例もあげた。そして、つぎのように弾劾する。

おまえにはわかるかい、まだ自分の身に生じていることを完全に理解することのできないちっちゃな子供が、暗い寒い便所の中でいたいけなこぶしを固めながら、痙攣《けいれん》に引きむしられたような胸をたたいたり、悪げのない素直な涙を流しながら、「神ちゃま」に助けを祈ったりするんだよ、——え、アリョーシャ、おまえはこの不合理な話が、説明できるかい（中略）この不合理がなくては、人間は地上に生活してゆかれない、なんとなれば、善悪を認識することができないから、などと人は言うけれども、こんな価を払ってまで、くだらない善悪なんか認識する必要がどこにある？　もしそうなら、認識の世界ぜんたいをあげても、この子供が『神ちゃま』に流した涙だけの価もないのだ。

イヴァンはこの弾劾のあとで、さらに子供、子供と大人の関係、人間の幸福というもののあり方、放棄される善悪の認識、不合理な世界のあり方などへと視野をひろげていく。

どういうわけで、子供までが材料の中へはいって、どこの馬の骨だかわからないやつのために、未来の調和の肥やしにならなけりゃならないのだろう？　人間同士の間における罪悪の連帯関係は、ぼくも認める。しかし、子供との間に連帯関係があるとは思えない。

それから、世界の人間が小さな受難者の、償われざる血潮の上に建てられた幸福を甘受して、永久に幸福を楽しむだろうというような想念を、平然として許容することができるかい？

イヴァンは子供の貧困から凌辱、虐待、死にいたる例をしめしながら、人間と世界、さらには宗教や救済などの真実を開示しようとした。そして、それをなすことの不可能な壁に直面した。したがって、まえに指摘しておいたが、イヴァンが子供の虐待・死などをアリョーシャを前にして語ったことを見落としてはならない理由もここにある。彼はアリョーシャの信仰、キリスト教の主張した愛や真実や善などが歴史的に、またロシアの現実においてどこまで有効なのかと詰問したといいうる。それゆえにこそ、この叛逆のあとで、イヴァンは驚嘆すべき「大審問官説話」を滔々とかたりつづけたのである。ここでこの「説話」についてふれないが、未読の読者はぜひ繙いていただきたい。ともあれ、彼の発想、理念、形而上学、思想、キリスト教・ロシア正教と宗教論、世界の存立の意味などの根源を語るのには、その出発において子供の問題が必要不可欠なものであったということになる。

イヴァンの糾弾にたいして、有効な反論はなかなか見いだせない。ありきたりの常套的な真・善・美や、ヒューマニズムや調和や愛や未来や歴史の必然や宗教などは力よわい。ではどうするのか。おそらく、ドストエフスキイはイヴァンの論理・認識を覆すべく、ゾシマ長老やアリョーシャに子供の世界を語らせたということができるかもしれない。

ゾシマ長老とアリョーシャの子供観を語るまえに、もう一つ、ドミートリイ・カラマーゾフの普段の考え方からはあまり予測できない「子供の貧困」についてふれた述懐をみておきたい。これは直接的な恐るべき貧困のありようにほかならない。この一節は夢のなかの出来事であるが、ドミートリイにあたかも現実の出来事のごとく語らせたことに意味があった。ドミートリイ（ミーチャ）が、父親フョードル殺しの下手人として逮捕され、取調べの尋問のさい、疲労で横になるとそのまま眠りこんだときにみた不思議な夢とされている。

彼は今どこか荒涼たる広野を旅行しているらしい。(中略)赤ん坊は、寒さのためにまるで紫色になった、小さなむき出しのこぶしをさし伸べながら、声をかぎりに泣いていた。

(中略)

「だが、どうして餓鬼は泣いてるんだ?」とミーチャはばかのように、どこまでも追究した。「なぜ手をむき出しにしてるんだ、なぜ着物に包んでやらないのだ?」

「餓鬼は凍えたでがんす。着物がこおったでがんす。だから、ぬくめてやれねえでがんす」(中略)

「聞かせてくれ、なぜその焼け出された母親たちが、ああして立ってるんだ、なぜ人間は貧乏なんだ、なぜ餓鬼は不仕合わせなんだ、なぜまっ裸な野っ原があるんだ、なぜあの女たちは抱き合わないんだ、なぜ接吻しないんだ、なぜ喜びの歌をうたわないんだ、なぜ暗い不幸のためにこんなに黒くなったんだ、なぜ餓鬼に乳を飲ませないんだ?」

(前略)もうこれからは決して餓鬼が泣かないように、しなびて黒くなった餓鬼の母親が泣かないようにしてやりたい。そして、今この瞬間から、もうだれの目にも涙のなくなるようにしてやりたい、どんな障害があろうとも、一分の猶予もなく、カラマーゾフ式の無鉄砲な勢いをもって、今すぐにもどうかしてやりたい。

尋問のときにこのような夢を見、また、光明を目指して進みはじめ、「生きたい、どこまでも生きたい、ある道を目ざして進みたい、何かしら招くような新しい光明のほうへ進みたい」とも感じるのである。後に、この夢をドミートリイ自身が解読して、「われわれはみんな、彼らのために責任を負わなけりゃならん！　なぜおれはあのとき、あの瞬間、『餓鬼』の夢を見たと思う？　『どうして、餓鬼はああみじめなんだろう？』この問いはあの瞬間、おれにとって予言だったんだ」とのべている。人間における根源的な責任の意識、一種の共苦の意志というべき心性を窺うことができる。したがって、彼はそのために、罪がなくとも他人のためにシベリアにも行かねばならぬのだ、とすらいうのである。

この「餓鬼」の観念は、彼ばかりでなく多くの作中人物たちにとって、「幼児・子供」をどのように自らの思惟・思想・形而上学などの体系のなかに位置づけるかという判断基準・認識として象徴的であり、大切な眼差しとして内面深くに蔵されているものにほかならない。また、この子供や民衆についての認識は、一八六一年の農奴解放後も、極貧の底にあえいでいる民衆

（ナロード）にたいする真摯な眼差しが注がれていたことのあかしであって、作者のナロード観の確かさが刻印されているともいいうる。さらにまた、この作者の作中人物たち、たとえばしらみや一介の虫けらと卑下せざるをえないラスコーリニコフが一尺四方の空間に百年でも千年でも永劫に立っていなければならぬ、と命じられても、今すぐ死ぬよりは、こうして生きているほうがましだと心底から呻きあげる声をあげたり、実存の基底から発される渇望をのべたりするが、それと相似の感性もドミートリイのうちに覗見されるであろう。

ここに表現された極貧というべき貧困は、剝き出しの一種救いがたい絶対的なもののように見える。このような事態は世界史的にみても、あらゆる時代・地域に遍在しているといいうる。現在もそのような地域・国は少なくない。日本においても、そう昔の話ではない。ところで、書くことをできるだけ少なくしていたが、あえて日本の現在の貧困状況についてひとこと触れておきたい。現在「相対的貧困」という観念が流布されている。二〇一二年と資料は古いが、その内容を大雑把にいえば、全人口の年収の中央あたりの値が二四〇数万円であるために、可処分所得をその半分だとみつもり、一二二万円くらいを「相対的貧困」の線引きの目処だとしている。そして、国民人口における一七歳以下の子供の貧困の率が一六パーセント強であり、ほぼ六人に一人がそうなるとしてもいる。生活保護受給者は二一六万人前後、世帯は一六〇万世帯を数える。このような貧困の状況は、日本のような成熟社会にありながら、考えられないほど劣悪な状態であろう。ＯＥＣＤによれば、貧困率は先進三〇カ国のうちで四番目に悪い統計値であるという。

為政者たちは、「相対的貧困」であれば、すぐさま餓死などしないから大丈夫だといいたいようである。社会的な諸政策で救済していると主張し、諸個人が陥っている経済的な不如意は自らの責任で対処するのが当然だとしてもいる。二一世紀の日本、世界的な水準からして、高度資本主義社会で、社会基盤も、社会政策も世界の上位にあると誇示している社会においてそうである。その社会で、このような凹部があり、差別・格差が厳然として表面化され、偏見も醸成されている。このような政治、社会政策、社会常識などが平気でまかり通っているのは許しがたいものではあるまいか。政治的悪徳、社会的腐敗、非人間性の蔓延などは目を覆いがたいものである。あえて対比すれば、日本における現状が、ドミートリイのいう「餓鬼」が本当に存在しない二一世紀社会・世界なのか疑わしい。いや、とんでもないほどの懸隔・格差が顕れているとしかいえまい。

書きたいことは山ほどあるがこの程度にして、本論に戻ることにする。ただちに、ゾシマ長老の子供についての認識からみていきたい。

ゾシマ長老の子供観は「故大主教ゾシマ長老の生涯」というアリョーシャのまとめた文書に簡単にしるされている。彼の子供についての認識は、アリョーシャの子供観と同じく、キリスト者の慈愛にあふれた眼差しに満ちている。つまり、彼は子供そのもののあり方を〈理想〉だとみなしたいと思っている。作者は〈婦人解放〉をキリスト教的な愛に立脚させて考えたが、ここでは、子供を〈指標〉だとしてつぎのようにとらえている。

人間は動物の上に立って君臨すべきものでない。なぜなれば、彼らが無垢《むく》の身であるに反して、人間は偉大なる資質を有していながら、おのれの出現によってこの土を腐敗させ、その腐爛した足跡を残してゆくからである。——しかも、悲しいかな、われわれは千人が千人ことごとくそうなのである！　子供は特に愛さねばならぬ。それは、彼らが天使のごとく無邪気で、われらの心の喜びと浄《きよ》めのために生き、なおそのうえに、われらにたいする指標ともなるからである。子供をはずかしめるものは禍《わざわ》いである。

これはきわめて穏当な認識であり、一般的な子供観だといってもよい。キリスト者、多くの宗教者にも共通のものであろう。作者は宗教者における子供の虐待、凌辱などはあえてしるしていない。ただし、ゾシマ長老が、子供は「われらにたいする指標ともなる」という認識を語ったのだが、この「指標」は、じつに広大な包摂範囲を示唆していて、人類史的な視野からきちんと分析することが求められているはずなのである。

すでに触れておいたように、アリョーシャの子供にたいする認識は、出発点にあっては、ゾシマ長老のそれにほぼ等しい。ただし、この作品のなかでは、一人の少年イリューシャが父をドミートリイに侮辱され、それに抗議するために、コーリャをはじめとする多くの少年たちやカラマーゾフ家のアリョーシャと対立し、長い間葛藤し、そのあげくに、死にいたるという物語が語られている。

あえて確認しておくが、アリョーシャの子供の認識はつぎのごとくである。

アリョーシャはどんなときでも、子供のそばを平気で通り過ぎることができなかった。モスクワでもそうであった。もっとも、彼は三つくらいの子供が一ばんすきだったが、十か十一くらいの小学生も大好きなのである。

このような彼は、いじめられたり、仲間はずれにされている少年と真摯につきあった。彼が恨みをいだいていた少年に嚙みつかれ傷を負ってももとよりそのつきあい方は変わりなかった。そして、他の子供たちとの間で仲間はずれにされ、いじめられ、対立していたイリューシャがついに病気のために死にいたったとき、彼の埋葬にさいして、アリョーシャは子供たちにつぎのように語りかけたのであった。

以前あの橋のそばで石を投げつけられたけれども、あとでみんなから愛されるようになりました。彼はりっぱな少年でした。善良な勇敢な少年でした。彼は名誉と父親にくわえられたひどい侮辱をいたくわが身に感じて、そのために奮然と立ったのです。（中略）総じて楽しい日の思い出ほど、ことに子供の時分、親のひざもとで暮らした日の思い出ほど、その後の一生涯にとって尊く力強い、健全で有益なものはありません。諸君は教育ということについて、いろいろやかましい話を聞くでしょう。けれど、子供のときから保存されている、こうした美しく神聖な思い出こそ、何よりも一番よい教育なのかもしれません。過去にそういう追憶をたくさんあつめたものは、一生すくわれるのです。

かわいそうな少年をこのように追悼したアリョーシャは、この作品のなかでなによりも子供についての過去・現在・未来の在り方の総括ができる作中人物として登場している。「彼は三つくらいの子供が一ばんすきだったが、十か十一くらいの小学生も大好きなのである」と紹介され、彼とコーリャ・クラソートキンや少年の群れとの関わりあいをなんの違和感もなしに実現することになる。そして、貧困にさいなまれたイリューシャの家族にも同様に対処できる人間的な位置をしめていた。つまり、作者としては子供と行動をともにできるこのようなアリョーシャを第二部の主人公にしようともくろんでいたのも納得できるのである。

アリョーシャはドストエフスキイの遵守するキリスト教・ロシア正教の若き擁護者としてばかりでなく、子供・人類の予言者の位置に据え置かれたのであった。にもかかわらず、つぎのような批判が成立するのではあるまいか。アリョーシャの子供たちに託した最後の言葉は、すぐれているが、そして感動的でもあるが、あまりにも常識的・良識的にすぎるのではあるまいか。いわば、小説・文学・芸術において、善、真実、理想、未来などはどれだけ上手に書かれても、悪、欲望、憤怒などの否定的な表現に較べて、どうしても見劣りすると一般的にいわれるのもこの点にかかわっているのである。

前にイヴァンがアリョーシャを前にして子供の虐待や死について語ったことに注意をむけたが、イリューシャの埋葬を描いたエピローグの言葉は、イヴァンの糾弾した子供のあり方や根源的な発想などにたいして十分対峙できるのであろうかという危惧感をいだく。つまり、彼の糾弾にそうそう応えきれないわたし達は、現在と未来の子供のあり方、ひいては人間のあり方に十分対抗しうる発想・論理・想像力をさらにさらに錬磨しなければならないという自己鞭撻のおもいをいだく。いわば、もっとも正統的なというべき人間的な善・正義・理想・愛などについて語ったとしても、イヴァン的な論理・叛逆などには十分に対峙できないというおそろしい文学的・思想的な問題が横たわっているということを知らねばならない。小説・文学世界のなかにおける肯定と否定の拮抗したあり方をあらゆる角度から凝視しなければならない所以にほかならない。

右に『カラマーゾフの兄弟』の作中人物の子供観を素描してきたのであるが、作中人物たちの配位についてもう一つあえて付けくわえておきたいことがある。それはスメルジャコフを被差別者、「私生児」として登場させたことにかかわる。彼はその命名からして差別されながら、他の主要な人物達と対峙し、この作品のテーマの一つである父親殺しの実行者として振る舞うことになっている。ドミートリイ、イヴァン、アリョーシャの三兄弟に四人目の兄弟として私生児の彼も加わっている人物配置が、この作品の人間像と思想や形而上的あり方を深め、ひろがりをもたせる一要因となったということができよう。さらに留意すべきは、この男に作者の生涯の痼疾となった病気、一生つきまとって悩みの種となっていた持病の癲癇を彼に与えたこととである。このことは子供の問題や虐待などと直接には関係しない。けれども、彼に突きつけられていたこれまでの人生は、異なった意味で他者や外界からの「虐待」「暴力」の一種にほかならなかったのではないかということができる。同じ私生児でも、『未成年』のアルカージイとはことなっている。

ところで、この随感の最初の方に、スベトラーナ・アレクシエービッチの『チェルノブイリの祈り』の一節をひいて、子供の虐待が現在においてもくりかえされていることを遠回しに示唆した。このように悲惨な状況が超克されないのを確認するたびに、わたしにはいつも魯迅の『狂人日記』（一九一八年四月）という短篇小説が連想される。その作品について数行でいえば、友人に〈被害妄想狂〉といわれた主人公の兄が食人者として設定され、自分はその弟であるから、兄と同じく大人であるかぎり、もしかすると自分も間接的には人を食ったことがあるかもしれないという危惧感をいだくにいたっていた。したがって、「人を食ったことのない子供は、あるいはまだいるだろうか？　／子供を救え……」（丸山昇訳『魯迅全集』学研版）という救済の叫びをあげる経緯を描いた小説であった。

魯迅の子供一般についての警告は彼の作品の世界では珍しいものである。けれども、彼なりに中国において、また不安定な二〇世紀という時代に投げこまれた子供のあり方、大人のそれ、社会的な状況などを展観しながら、「食人」という極端な設定において、是非とも警告しておかなければならない人類史の一汚点だと認識したことによるというべきであろう。《狂人》という形容で作中人物が設定されたことで、逆説的にそのことをよく語っているはずである。

これらは一九世紀と二〇世紀の初めの作品に表現された子供にたいしてくわえられた暴力や悪徳であるが、これまたいわば、一種古典的といってもよい子供のおかれた憎むべき状態や条件である。つまり、これらは時代とともにそのありようは変化するが、子供への加害者が誰であれ、一対一でする殺人とほぼおなじような手ひどい暴行だということができる。心理的・精神的・肉体的な虐待によって、子供たちのすべてがめちゃめちゃに破壊されてしまうからにほかならない。子供ばかりでなく、本当はこのこと自体が、人間の現存、世界のきちんとした運びのためにはおそるべき妨害物なのである。いささか位相がことなるといえそうであるが、同じように、老人、身体障害者、被差別者、疎外された外国人の難民など、その状況や発現の仕方がさまざまであるとはいえ、社会的な弱者、ないしは疎外状況に追いやられている人々などについての虐待も目をおおうばかりではないか。それは子供の虐待や凌辱などと同じ地平で生ずる悪徳・悪行だからである。

さて、圧政的で独善的な政治家、官僚、軍人などが法律、憲法の改悪をもくろんでいるときに、政治的・状況論的に人は屢々、危機や不安を感じるということが多い。この危機感や不安の意識は、抽象的なものに発するが、あるきっかけや恣意によって自由を剝奪されたり、人間の尊厳を毀損されたりする怖れが強く機能するためであろう。さらには具体的な死をもたらされる怖れも生じる。このような動向については、違和感や反感を喚起させられているので、怖れとともに、怒りや憎しみの想いも随伴するものにほかならない。わたしはドストエフスキイの作中人物たちがしめした二つの顕著にことなる生き方・あり方の差異、つまり《生き生きした生命力の豊かな流れ》とそれとあい対峙する《幻想的・空想的・譫妄狂的な認識の淀み》についてのべたのであった。その過程でわたし達のあり方や進むべき方向性が揺りうごかされることがあった。その二つに分離・分割された状況のなかで、否定的なものが子供に向けられたときにどのような状況が生みだされているのか素描した。

いいかえれば、さまざまな位相において「力あるもの」がその力に頼ることによって発生する関係性における酷い歪みは、男性が家族的・社会的な支配力を有するときには、子供、女性などへの不条理というべき性的・肉体的な被害をもたらす。あえて触れておけば、ドストエフスキイの女性や子供などにたいする独自な認識は、彼の父親が領地の農奴の子供・女性などへの蛮行によって農奴に復讐的に殺されたことが深刻な遠因となっていたといえるはずである。農奴たちに父親が殺害されたのは、父親によって農奴の娘が妊娠し、子供をもうけたことが原因の一つなのであった。ドストエフスキイ自身は、ロシアの大地、ナロードにたいする彼独特の深い認識を培っていたが、彼の父親にみられる無自覚な悪や蛮行がその認識の一端を形成するのに大きな作用をおよぼしていたことは疑いない。父親殺害の経緯を知ったときに、宿痾の癲癇の発作が最初に誘発されたという説もあるほどである。彼にとってその事件は青天の霹靂であった。潜在的な意識として隠されていたにしても、ある一つの作品世界を創出するとき、それが意識の表面に浮上することもありうる。つまり、彼がスヴィドリガイロフやスタヴローギンのような人物を創りだそうとするとき、深刻な意識の悪徳を描出してしまうことにつながり、人間のおそるべき条件やあり方として表面化される。これはある人が深い人間認識や理想をいだいているとしても、このような人間存在の基本的な条件・状況にかかわっているためであろう。それが子供について克明に表現されるときに、わたし達に驚くべき醜悪な衝撃があたえられるのである。

わたし達が歴史的なひろがりのもとで子供の貧困、虐待、凌辱、暴行、殺害などについて直面するときに、その原因となる引き金は、多角的にして多様である。それを人間の生みだしてきた歴史的な暴力の一つとみれば、時代とともに変異し、現在もずいぶんと変化している。それぞれの国の歴史的な個人の意識、家族の意識、婚姻関係、共同体の条件、文化的な伝統、民族構成などの差異によって大きな違いが鮮明な現象として浮きぼりにされるであろう。

ドストエフスキイの作品で読みとられたように、あまりにも頻繁に子供たちに暴行をくわえる親や近親者、また、学校で付き合っていた生徒達などの間におこるいじめの状態、貧困などの家庭条件にもとづく差別などはいうまでもなくむごたらしい。けれども、それらは現実的・社会的な出来事としては一般的な範疇に属するものであり、さらに、より全体的な観点からすれば、それが一種普遍的な出来事、歴史を貫流していた言表しがたい凄惨な事実にほかならない。

世界のあらゆる場所で、過去から現在にわたってこのようなこころを萎えさせる類いの事件は頻発した。多様なかたちで発生するテロリズムを容易に撲滅することができないように、現在も子供たちにむけられたそれらにたいして有効な撲滅の方途がない。そのために、わたし達は暗然とした場面が繰りひろげられているのを看過している。冒頭の作品の嬰児虐殺でみたような事態はこれまた無造作になされている。これらはみな相手・他者についての痛みや生命の危機についての深い想像力を欠いたままに頻発しているのである。ところで、そういう想像力は無力化されがちではあるまいか。危機に直面したときに発揮されるであろうすぐれた人類の叡智云々といいたいにもかかわらず、これらに十分に対処できえていない惨状を目撃することになってしまう。

わたし達はドストエフスキイが示唆した《生き生きした生命力の豊かな流れ》と《幻想的・空想的・譫妄狂的な認識の淀み》をさらに多様な局面において明晰なかたちで対象化しなければならないであろう。その精神的・表現的な営為はきわめて厖大なものであるが、弱々しいにしてもわたし達の真摯な《眼差し》をそそぎつづけることによって、子供の悲劇を超克する手立てとなりうるかもしれない。また、それをこころの底から認識することで、一つのかすかな救済の道へとつなげていくことができるのではあるまいか。希望や理想は無力であるとしても、仕方ないものとして投げやりに廃棄しては一歩も踏みだせないであろう。したがって、ドミートリイがなんとしても救済すると宣言したように、またゾシマ長老の子供は人類史上の一つの「指標」だという示唆や認識を深くかみしめたいものである。この一つの理想的な見方についての確信こそ「現代的不安」を克服するための闘いの最低限の道筋にほかなるまい。

その五

権力について

ここ数年間、新聞やテレビなどの政治や社会的な動きなどにかかわるニュースや報道などを読んだり、見たり、聞いたりするたびに、失笑したり、怒りがわいたり、悲哀をおぼえつづけざるをえない。随感録に以前にもしるしたが、きわめて不備な選挙制度と巧妙な世論操作によって多数派として選出された無自覚なファシストまがいのおおくの保守的な政治屋たちの属する党が、横暴きわまりない議会運営を性懲りもなくなしつづけているからである。わたしはその精神位相や発想などが嫌いだが、それらの政治屋たちは「保守」ということにも「無自覚」なようである。そればかりでなく、現代的な社会の仕組みやありかた、とくに人間認識や歴史的なものについての認識において無知蒙昧であるために救いがたい。いかに愚劣きわまりない政治屋集団だとはいえ、表面的にはいわゆる民主主義や平和や自由をまもると標榜している。一つ覚えで多数決がその意志決定手段だと錯覚しているからいっそう始末におえない。

自分の言葉をもたないから、だれかが書いた紙の文字や一つ覚えの熟語だけをおぼえてくりかえし発音している。テープレコーダーのような対応しかもちあわせていない。したがって、現首相からはじまり子飼いの政治屋や官僚にいたるまで、いわゆる対話や議論を真摯にすることができない。卑近な例でいえば、「共謀罪」という悪辣な法律について国会の委員会などにおいてもまともに議論したことがない。一般に、法案などに批判的な党派や真剣に議論しようとしている人々などにたいし、正面から向きあおうとしないからである。それはわたし達国民を無視しているということにほかならない。問いかけられれば、同じ無意味なことばをくりかえすばかりであって、それ自体の無恥さはもとより、立場や役割を放棄している。

なにも起こらないときには、国民にたいする説明などを懇切丁寧にして理解をうるなどと殊勝なことをいう。説明責任という言葉は嫌いだが、説明責任すら果たそうとしていない。この言葉を嫌いな所以は、言葉には言霊について云々するまでもなく、ある大きな力とそれをこえた何事かを暗示する力をもっている。したがって、ある文、文章などを書いたり話したりすれば、それについての認識と責任が後ろからついてくるのである。話したり、書いたりすることは、重大なことを内包している。とくに、社会的な責任をおう人が発言すれば、当然としてその認識内容や意図などが問題になるのである。国会の本会議や委員会などもそのひとつである。けれども、現首相や政治屋や官僚などは言ったとたんに忘れてしまうのである。忘れたり、とぼけたりすることとすら意図的で悪辣な一面もうかがわれるから、傲岸不遜というしかない。批判が高まれば、反省の態度をとる恰好だけはして終わりにするのである。

こうした無惨で横暴きわまりないやりかたによって、特定秘密保護法、安全保障関連法などからはじまり、このたびの「共謀罪」などにいたる悪法が超法規的に議決された。ちなみに、共謀罪が過去に三度ほども廃案になったために、現首相、政治屋、役人、警察官僚たちはオリンピック・パラリンピックのための「テロ対策」だとか、国際的なテロ対策などを目的にしたものだなどと言いつくろって「組織的犯罪処罰法改正案」なるものを強行採決したのである。国際的な条約に加盟するための法案はすでに整備されているし、この法案の二七七ほどもある対象犯罪のなかにテロ対策に該当する条文などを探すのに苦労するであろう。この政権の提出する法律や法令などの多くは、不備だらけのものであり、名実がともなわないものを力ずくで押し通してしまうのである。名実ともに一致する点があるとすれば、その党派や集団に利益のあるもののみで、多くは名実に背反している。それは権力のフハイとダラクを端的にしめすものでしかない。日常的な生活を充実させ、日々を快適で豊かに暮らしていこうと願うおおくの人々の思いに寄り添うものはきわめて稀である。そして、これらの悪法によって被害と苦しみをうけるのは、利権の外にある民衆たちでしかない。遠い青年時をふと想起した。一九六〇年の日米安保条約改定の強行採決と今度の共謀罪の強行採決は、同じ六月一五日という日付に係わるものであり、その犯罪的な政治責任者は現首相の祖父と孫の本人の仕業なのである。

いうまでもなく、「特定秘密保護法」や「共謀罪」などは権力を維持するため、とくに警察権力を駆使して、戦前の治安維持法的な運用を保障するためのものでしかあるまい。「安全保障関連法」は戦争遂行のための法律である。それらの悪無限的な法律の本質を隠蔽していたが、無関係なおおくの民衆を巻きこみながら、これからあらゆるところでの盗聴、メール、ＳＮＳなどの盗み見、密告、監視、スパイ行為、自白の強要、警察の干渉やＧＰＳなどによる追跡調査、無人機などによる監視や攻撃なども日常化されるに相違ない。戦前よりもより効率的に、全体的に監視のおおきな網が張りめぐらされるであろう。一九六〇年の日米安保条約の強行採決前後に、自衛隊の治安出動が政権内部で云々されたことがあったらしい。三島由紀夫の事件も不吉な予感をともないながら想起される。憲法九条の改悪は隙をうかがいながら突然提案されるに相違ない。国民投票があるといっても、安心できない。これからはさまざまな媒体を機能させどんな巧妙な手段がとられるか、予測すらつかない。窮屈きわまりない社会へと変質しつつあるというしかあるまい。

共謀法の公布以後、当初はあまりにも見えすいているので動きを潜めているにしても、数年たつと機をうかがいながら権力に批判的な団体や人々にたいする弾圧を実行するであろう。そのために、戦前にみられたようなさまざまな冤罪事件の発生が頻発すると考えられる。監視社会がいきわたり、意図的な誤認逮捕による脅迫的事件、権力に反抗するものへの見せしめ的な逮捕・裁判・投獄、個人の尊厳にかかわるプライバシー侵害などがあまりにも多くなり、報道すらされなくなるにちがいない。いや、権力は、同時に情報封鎖や報道統制を徹底化させるであろう。新たな装いを凝らした戦前的統制社会の到来である。すでにそのような芽があちこちに垣間見られる。ある場所では「教育勅語」が唱えられている。こうした予測では、戦前の天皇制護持にかかわる「大逆罪」などは必要ないほどではあるまいか。今上天皇の退位の問題があり、当面は象徴天皇制はそのままにしておいて、天皇制のあり方もそのうちに議論の俎上にのせられると懸念されるのである。

ひるがえって考えるまでもなく、国内の基本的人権や憲法などを守ろうとする法律家や学者や研究者などはもとより、国際連合の人権理事会の特別報告者なども不安をつよめている。これらの人たちは、憲法に記された適切な対策をとるように政府に進言しても、プライバシー侵害や報道・表現の自由などに無頓着な現政権は、無視すると同時に、恥知らずにも感情的な反撥のみで対処してきたのであった。国連の人権理事会で議論され、国際連合加盟国のうちで適切な対応がとれない日本がいかに強圧的・独裁的な国であるかが世界の人々に知られることになるであろう。

同時に、戦前において植民地台湾、朝鮮、占領地中国や東南アジアなどで行われたあらゆる種類の弾圧と殺害にいたる抑圧的事件が思いだされる。それらに類似する出来事も表面化されることなく頻発する怖れも皆無ではないと思われる。というのも、すぐに証拠を抹消するであろうし、文書などもそのためのひとつとしてつくったであろう特定秘密保護法の特定秘密事項に繰り入れられてしまうからである。ＰＫＯ派遣の自衛隊の業務日録の開示問題ひとつをとってもその怖れが生じる。

ここ数年のあいだに成立したあれらの法律が悪法たる所以は、法律全体も欠陥だらけのものであるのはもとより、これまでみられた運用の無法さも目にあまるものである。また、それらの法律を適用して生じるであろう人権、自由の蹂躙などにたいする救済対策が無視されている。

つまり、憲法に保障された諸権利の侵害にたいして、独立した救済組織や権力の暴走を阻止する摘発機関などが設置されることもないからである。

なんども指摘しているが、現在の政治屋の言語感覚の下劣さと無知さ加減は、言うにおよばない。パンドラの箱をあけないように、なんとか捻りだしたような呪文ににた本質と正反対の単語を提示する。特定秘密の特定は、特定＝権力であるから、それらを維持するためのいっさいを秘密文書にしてしまうのである。戦争遂行のための法律である安全保障関連法は、「平和」を形容詞にしていたし、「関連」などという曖昧な単語をあちこちにちりばめている。おそるべき奸計をひめたこういう事態に、あえてまた嘲笑をあびせ、罵倒したくなったのは、やはり言葉の問題がある。現首相は共謀罪の内容についておかしな答弁をしたなかに、「そもそも」と調子づいていって、質問で反論されると、辞書には「基本的に」という意味があると詭弁を弄した。あまりの莫迦らしさに再批判されると、その挙げ句に「そもそも」に「どだい」という意味があり、「どだい」に「物事の基礎、基本」という語義がある、したがって「そもそも」は「基本的に」という意味だとのたまわった。いやはや、であるが、なんと国会にたいする答弁書としてこれを閣議決定したというのである。閣議決定や閣議というものがこれほど無惨・無意味なものであるのを逆証してくれたのである。以前の随感録でも指摘したが、行政府の内閣総理大臣である現首相は、行政府の長ではなく、立法府の長だとなんども国会の答弁のなかで強調し、あとで議事録を訂正したということがあった。職務に「内閣総理」とついているのはどうも飾りらしい。何度いってもいいたりない無知に開いた口がふさがらない。なんという阿呆らしさであろう。

さらにいうまでもないが、現首相とその配下という関係しかうかがわれない政治屋などは的確に批判する人や状況のありようにたいして「印象操作」をしているなどと反論しつづけた。印象操作などしなくてもそれらの実態そのものが、いかに悪辣にしてペテン的であるかを明かしている。その奸計と悪辣な意図などが見えすいているからにほかならない。社会学上の原義はこれとはことなるが、政治的主張や法廷技術などはそれ独自の役割をはたしているのであるから、印象操作という言葉は対象を解りやすくするためにつかわれるひとつの対象表現でしかない。さまざまな出来事の「印象」から、分析する人はその実体の「事実」や「真実」にいたる解明の努力こそが問題なのである。隠されているもの、言外にかたられている事実、秘められている対象の真実などを剔抉することこそが求められているのである。したがって、当為としてなされるべきことを除外している現首相などの使っている用語は、なべてこの類いの詐欺的いいかえや三段論法や脅迫的な弾劾などにすぎない。今回の随感録でも、サギ師、ペテン師などという対象規定を使うのは恥ずかしいかぎりである。しかし、さらに批判を尖鋭にするとあまりにも過度な罵倒的な言葉になり、かつ多すぎるほどの批判的にして非難にみちた言葉がつづきすぎるから使わないことにしよう。

生きる自由や表現の自由を侵しかねない法律、わたし達ひとりひとりがかけがえのない自己として生き抜くために必須な基本的生命・生活維持の条件をないがしろにする法律などをこの政権はここ数年間で二桁以上もつぎつぎに決定してきた。何度言ってもいいたりないが、これらの法律は憲法で保障された基本的人権、生存権、さまざまな自由の権利などを否定するものでしかない。これらは決して侵犯してはならないわたし達が基本的に生きるための、存在するための重要なありかたをふくんでいる。それにもかかわらず、決めることでなにかをなしていると錯誤している政治屋たちはまがうことなくブライ集団なので、闇雲に力ずくの多数決で決定してしまうのである。

制度的においても瑕疵のおおい現在の選挙制度の改定は必要不可欠なものである。ムノウでドレイ根性の政治屋など多くいらない。定数も削減した方がよかろう。給与、待遇なども、できるだけ薄くして、選ぶとしても、全国区での得票に比例した代表制にした方がよい。基本的にはよく構築された小さな意志決定機関、熱意のある人々による精緻な構想と実践、厖大な官僚機構の縮小によって機能的で人々に満足をあたえる適切な組織があればよかろう。議会など無用な長物で、必要ないというべきであろう。一人一人の個人で成立している組織は、個人があらゆる事を決定すべきものではあるまいか。ただし、現在の政治屋たちが居座っているかぎり、さまざまな無駄なものや認識の変革につながる有益な考えなどへと改革するのはなかなかむずかしい。無力のわたし達のできることは、ただ、悪行にたいする報いとして、選挙が行われたときには、無用な長物をひとまず落選させ、追放することができる。しかし、現在にいたるまで、おおくの人々が、潜在的な自分たちの力について無自覚のようにみえるのである。これも責任は重大ではないか。こちらも変えていかねばなるまい。

今回表面化した政治権力の独断的運用の一例として、たとえば辞職した文部科学省の次官が、「怪文書」扱いされた文書の実在について、「あるものを、ないものにすることはできない」という事実関係の確認にかんする的確な指摘をした。これは単純明快なことであろう。にもかかわらず、文書、資料などにかんしていえば、現在の政治屋や小役人などは保存することはおろか、あっても隠したり、すべてを秘密にしたり、廃棄してしまう。特定秘密保護法における「秘密」は、前述のように、権力を守るために、なにが秘密で、秘密とはなにかをすべて隠蔽してしまっている。それを検証する制度も整備されていない。だから、すべての疑問や真相究明にたいして、批判者を悪意と抹殺を目的としたまったく無関係な問題をつきつける個人攻撃によって、権力による犯罪的なことや悪弊の所在を脇にそらしながら、人前から隠して無効化してしまおうとする。過去にも権力に対峙した人にこうした所業を平気でやり通した。

権力の常套手段である事実・真実の隠蔽を今回の件にかんしてもふるったのであった。ところで、もうひとつ怖ろしいことは、権力は同時に「ないものを、あるものにしてしまう」ものでもある。無罪を有罪につくりかえてしまう。反対者、批判者はすべて敵対するもので、悪だとみなしている。あらゆる意味で一つの生起した事態にかんする事実関係、出来事についての客観的な経緯などを無視するのがなすべきことだと思っているらしい。無から有をつくりだす虚構の生産者としてやり放題の手前勝手な仕事には精出しているのである。すでにのべたように、ここから冤罪や重大犯罪の虚構がつくりだされるのである。権力の醜い法術を駆使した手品をずっと演じつづけているのである。

これらの雑駁な個々の問題を批判的に云々することで時間と誌面を浪費したくないものである。読むべき書物、考えるべき文学的・思想的な問題、知るべき未知のおおくの事柄などがひしめいている。にもかかわらず、目の前にこれほど愚昧で低劣なことなどが頻発しているので、火の粉を払うようにやむをえずふりはらわざるをえない。

したがって、これから本題にかえり、わたしはわたし自身が信頼できる文学者たちの「権力について」の考え方を、いくらか復習しておきたい。振りかえりつつ、その核心的なありよう、歴史的な変遷や将来的な見通しなどのもとに権力の本質的なありかたや権力や世間の流行に対抗的な文学・芸術の力などについてかきとめておきたい。

随感録でなんども登場してもらっているが、ひとりは埴谷雄高であり、もうひとりは石川淳である。敬愛するふたりの卓越した文学者における権力についての思索を概観することからはじめたい。わたしはふたりの文学者・思想家についてこれまで論じたさいにいくどもその見解を引用したことがある。ここでもそれについての明晰な深い認識を確認しておきたい。

傑出した文章家のふたりをまた選んだのは、ふたりとも、戦争中に官憲からの弾圧を体験していることもあって事情が解りやすいと思うからでもある。石川淳は昭和一三年「文學界」一月号掲載の「マルスの歌」が発売禁止処分にあい、罰金刑をうけた。反軍および反戦思想を醸成する虞れだと理由づけられた。ところで権力からの弾圧は、敗戦後にはことなったかたちで発現された。昭和二一年石川淳は『黄金傳説』という単行書を刊行したが、そこにふくまれるはずの同名の短篇小説は、米軍兵士についての記述があるため、プレスコードにひっかかるものとして削除されてしまったのである。戦中には内務省、敗戦後には占領した連合国軍から表現の自由を抹殺されたのである。いっぽう、埴谷雄高は昭和七年三月逮捕され、五月不敬罪および治安維持法違反により起訴され、翌年末懲役二年執行猶予四年の判決をうけて出所した。それ以前ももとより、出所後も特高警察と軍の憲兵の監視と追跡をうけつづけた。昭和一六年一二月の太平洋戦争を政府がおこしたときには、予防拘禁で監禁されたのであった。友人たちと出しつづけていた同人雑誌「構想」も廃刊にいたる憂き目にあった。両者ともに、さまざまなかたちでの抑圧に苦しんでいたが、このような権力からの直接的な弾圧をいくども体験していたために、権力について核心をつく認識を醸成していったということができよう。

石川淳の権力論の大概を説明するまえに、まずつぎの点を確認しておきたい。プラトンの『国家』論をはじめとして、国家の問題が古代から云々されていた西欧において、「力」「支配」などはつねに考察の対象となっていた。日本語に翻訳された「権力」はギリシア語で該当する用語がすでにあり、一般的に「力」「権力・支配力」と考えておいてもよかろう。後世にいたると、権力のさまざまなありようは、マキャヴェリやニーチェなどの言説に明確に見られるであろうし、またマックス・ウエーヴァーがその学問体系のなかで権力や支配力について整理したのも想起しておいてもよい。

ところで、石川淳は中国の古典籍における「権力」について典拠としているので、まず「權」

の語義からみていきたい。『廣漢和辭典』には一七ほどの語義があり、まずはじめは、黄色い花をつける草木の名としてある。つぎに意味がひろがり、「おもり」、はかりの分銅となり、このあたりからものの目方をはかったり、はかりごとにかけたり、比較したり、さらにはたいらにする、ならす、いきおい、はたらき、能力などの語義がうまれている。「権」の言葉のひとつの核心に近づいている。そして、「権力」は、「人を押さえつけて、自由に支配する力。権勢」とあり、一例として『漢書、賈誼傳』の「況《ンヤ》莫《キヲ》二大諸侯《ノ》、権力且《ツ》十《ニスル》レ此《ヲ》者一乎」があげられている。

石川淳は「権力について」（「新潮」昭和二六年二月、三月号）で『韓非子説林下』から説きはじめた。ここに石川淳の見識が秘められている。その論の仕掛けはつぎのとおりである。伯楽は憎むものには千里の馬を相することを教え、愛するものには駑馬を相することを教えたとある。売り買いでいつも繁盛する駑馬のほうが、滅多にない千里の馬より利があるからで、物ごとをはかりにかけること、つまり「俗情は権の論理である」という見解をひきだす。さらに古典籍からいくつも例示しながら、たとえば「はかりごと」の意味における「権」などについても論述して、つぎのような的確な考え方を提示している。「一般に権のはたらきが貨幣のやうに強制通用力をもつに至るのは、それが政治の場に押し出されて名分の刻印を打たれたときである」。つまり、「はかりごと」を活用するものは「権」であり、いつの世も権力を核にもたない政治はないということになり、『韓非子』をかいた韓非が示唆したのもこの考えによるものだと指摘する。この論理展開の線上で韓非のさまざまな説を剔抉していて、それらの興味深い文章を引用したいが割愛する。つぎの一節をみたい。

一般に、権力は精神の運動の場としての明日といふ時間を知らない。その謂ふところの万世の利とはすなはち今日の利にあたへられた名にほかならず、権力のはたらきはそこに限られる。したがつて、権力の仕事である政治といふものは、いかなる恣意の形而上学的世界観をもつて擬装されてゐるにもせよ、厳密には世界観の発展に関係しないといふにひとしい。原子爆弾は、それが権力の手にわたつたときには、その世界観上の意味をうしなつて、単に一箇の殺戮の利器となる。

石川淳は人間の生活を云々するときに、歴史的時間の価値は、世界像の変貌によってはかられるものだという考えをつとにいだいていた。世界観の発展ということにほかならない。つまり、精神はつねに明日にむかって運動しつづけるものである。このような精神の努力を妨害したり、敵対するものがあるとすれば、それは地上の権力以外にないのだという認識も語りつづけていた。この論においては中国の権力にかんすることであるから、「巖穴の士」への論及があるのも当然であろう。「政治の場から離れて巖穴にこもる精神のエネルギーのことをいふ。しかし、巖穴は必ずしも逃避の謂ではない。理想上、巖穴の士はその位置に於てつねに権力を拒否し、その運動に於てときに政治に干渉するものと解されてゐる」。じつに明快な指摘である。したがって、自然環境が壊されている現在にあっては巖穴というものがなくなってしまったとすれば、どうするのかと問いかけてつぎのような認識をしめす。

その代りに、精神の運動のために学問とか芸術とか文学とか小説とかさまざまの速い乗物が用意されてゐるので、おかげで精神はのべつにいそがしく、なにかの車に乗つて駆けつづけなくてはならない。車の駆けるところは、ときに権力の塁をきづくところに迫る。すでに巖穴のへだてるものが無いのだから、精神と権力とはどこかでまともにぶつからなくてはならぬといふ約束になるのだらう。小説の方法である散文といふ車は、その軌道が宇宙の法則と地上の因縁とに翔けわたつてゐるために、あるひは拒否に於てあるひは攻撃に於て政治の場に出入するに至るべきことは自然のいきほひである。小説の政治性と呼ばれるものは、精神の運動の作用の一つにすぎない。

右のような達識の文章を引用するのは現在における権力の愚昧な暗さが支配しようとしているときに、きわめて爽快感すらもおぼえる。現在において、滅多によむことのできない文章である。ただし精神は政治の場においては《駑馬》にのるよりほかにはないのである。だから、「精神が素足で地上の泥の中におり立つとき、やつぱり駑馬に乗つて権力とたたかはざることをえない。精神の不幸である」ということになる。

これをふまえながら石川淳はつぎのような重要な指摘をしていて、十分に吟味しておく必要がある。ある歴史的時代のなかでひとつの権力組織と制度や法律などを支配しているものがいるとして、それにたいして反権力的な組織とがきびしく対峙していると仮定する。

このたたかひに完全に勝つためには、なにをつかみ取らなくてはならないか。やんぬるかな、支配力、やつぱり権力である。精神の努力にも係らず、また革命家の善意にも係らず、思想の符号がちがつたといふだけで、権力の本質がおいそれと変化するものかどうか、われわれはこれを知らない。

石川淳は権力を、支配者の傲慢を、法術を、さまざまな俗情や詐術を、さらには国家を否定する。ただし、思想の符号がちがったとしても、「権力の本質がおいそれと変化するものかどうか」ということを懐疑しつづけている。権力は腐敗するというのは曖昧ないい方である。腐敗したから奪取されるという曖昧な考えを誘引するだけで、権力の本質を明白にしないはずである。権力・支配力は、思想、あるいはイデオロギーの相反するものであれ、やはり権力と支配力に依拠しながら、民衆を抑圧しつづけるという「不幸」を石川淳はよく知りつくしているからである。そして、腐敗の度をますことは、権力者たちが権力をますます横暴にふるうことであって、民衆の不安と不幸と危機はますます増大するしかないのである。権力は権力奪取後、権力保持のための方策を練りはじめるのであって、その瞬間からただちに腐敗しはじめると考えた方がよい。「これを知らない」というのは文飾である。

石川淳のこの論文は、じつに明晰かつ深甚な考え方をちりばめていて、もっと多くの箇所を引用でしめしたいが、それも叶わないであろう。とくに、つぎのような一文で論が結ばれるのであるから、いっそうその想いはつのるにしても、である。つまり、右に引用でしめしたように、抑圧される人々が権力とたたかいつづけるにしても、権力の本質はおいそれと変化することはないであろう。この権力のもつ根本的なありかたに直面せざるをえない。そのために、「この地上では、人間の生活は矛盾に於て幸福よりもおほく苦患に賭けられるといふことになるのは手のつけられぬことかも知れない」ということになろう。中国であれ日本であれ、歴史を顧みるときに、この言葉の重みがひしひしと迫ってくる。

読者でまだ夷齋學人・石川淳の「権力について」という一篇よりも、これの収録されている『夷齋筆談』一巻に気づいていない人は、機会あるときにぜひとも眼を向けて下さることを願うのである。

右の書物の文章と認識もさることながら、もとより夷齋先生には同じくみごとな散文集がまだまだたくさんあるのはことわるまでもない。ちなみに、その一巻である『夷齋俚言』から、これまたよく知られた「芸術家の永遠の敵」(「文學界」昭和二七年三月号)の一節を引用しておきたい。ここでもまた、現在の状況にも鋭い矢を放つことになっているであろう。石川淳は、権力と対峙する文学者・芸術家の根源的なありかたを端的に示している。

一般に政治はたとへ人民の苦悶については無感覚であつても、せめて人民のたましひには干渉しないといふ感覚をもたなくてはならないね。また一般にわるい制度はたとへヒューマニズムの思想にとつては説き伏せるべき弱敵であつても、人民の生活にとつてはたたかふべき強敵だね。（中略）芸術に於ける精神の運動は生活が一回的であるやうに復帰を知らない。芸術家とは、芸術にいそしむ人間のことではなくて、芸術観念から自分を解放するやうに生活する人間のことだよ。制度の悪に対しては、芸術家は生活に於てそれに抵抗しなくてはならぬといふ必至の不幸をもつね。

このような認識をなおもじっくりと味読したいけれども、もうひとつのこれまたみごとな精神の洞察力がちりばめられ、また、精神のエネルギーが集中された文章に目をうつさなければならない。

石川淳の権力についての認識は、中国における歴史的、実践的な側面から発して、文学・芸術の根源とあいわたる認識の披瀝である。そのいっぽうで、埴谷雄高のそれは、きわめて本質的、概念的な認識が展開され、対象の核を射ぬいているものだといえよう。ここで展開されている「権力」の問題は、すでに「政治をめぐる断想」（「近代文学」昭和二六年二月、三月号）のなかでその核心的な認識が書きとめられている。この文章が「断想」とよばれているように、一種の政治にかんするアフォリズムだといってもよい。そして、「権力について」（「実存主義」昭和三三年一二月号）もやはりそうである。この権力についての考えは、「永久革命者の悲哀」（「群像」昭和三一年五月号）におけるスターリン批判という熾烈で無念さをこめたマルクス主義的政党の権力批判となっている。したがって、ここでは八篇のアフォリズムからなる各篇のその冒頭の一文を引用しておくにとどめる。いちばんはじめのものは、全文を引用する。

政治の幅はつねに生活の幅より狭い。本来生活に支えられているところの政治が、にもかかわらず、屢々、生活を支配しているとひとびとから錯覚されるのは、それが黒い死をもたらす権力をもつているからにほかならない。一瞬の死が百年の生を脅し得る秘密を知つて以来、数千年にわたつて、嘗て一度たりとも、政治がその掌のなかから死を手放したことはない。

政治の裸かにされた原理は、敵を殺せ、の一語につきるが、その権力を支持しないものはすべて敵なのであるから、そこでは、敵を識別する緊張が政治の歴史をつらぬく緊張のすべてになつているのであつて、もし私達がまじろぎもせず私達の政治の歴史を眺めるならば、それがあまりにも熱烈に、抜目なく、緊張して死のみを愛しつづけてきたことに絶望するほどである。

目の前に現存しないのに必ずそこに動いている巨大なもの、それは権力である。

権力の構造を最も単純に図式化したものは軍隊である。

政治の目的がひたすら権力の維持と奪取にあつて、それ以外になんらの目的をももたないことを私達は知つている。

私達が、政治家ときけばそれだけで彼等を隠れた悪徳の擁護者として、一方の心理の隅で侮蔑し、他方の心理の隅で畏怖するのは、彼等が愚昧であり、しかも、その愚昧なるものの掌のなかに黒い死があることを知つているからである。

私達は、偶然、この生のなかに投げこまれると、この生を吟味し、検討し、選択することもなく、ひたすらこの生のなかで何物かになろうとする。(中略)生のなかに占めている権力の位置は遥かに小さいにもかかわらず、生の陰画である死を保持しているその鋭さによつて、それはまさに生と拮抗したこのような大きさを仮装し得ているのである。

もし私達がやがて埋葬し得れば、黒い死をもつたこの権力の墓場は、階級制の墓場と並んでいる筈である。

二番目はアフォリズムがこの一文のみでなっており、七番目は最初の一文では意味がとりにくいために、最後の一文をくわえながら引用して、解りやすくしておいた。説明するまでもなく、権力の裸にされたおそるべき姿がこれらの文章のなかに尖鋭なかたちで照射されているのが判明するはずである。

ここでもまたいらざる注釈をくわえておく。石川淳は思想やイデオロギーの符号のちがいだけで「権力の本質」がかわるものか否かという適切無比な見識を披瀝したのであった。おなじように、埴谷雄高のみぎの権力論は、ロシア専制政治を打倒したボリシェヴィキ革命後のスターリン主義にたいするきびしい反スターリン批判とつらなる認識に立脚したものにほかならないということである。ツアー専制政治とマルクス主義革命、それが一定の歴史的時間の推移によって、おなじ「権力の本質」に依拠しながら抑圧や弾圧を民衆にくわえるという政治・革命のおおきな暗黒のむごたらしさを喚起しているということの悲惨な事態の指摘である。

石川淳と埴谷雄高の文章は、六〇年以上もまえにかかれた文章である。すでにして本質にせまる認識は、時間の摩耗作用にもよく堪えてわたし達の目を射ぬいている。というよりも、ギリシア以来、権力、支配力、力というものは、その本質的な機能にたいしてさまざまな反撥・抵抗・打倒の意志などに直面することで、さらに仮装の力を強化しつづけている。政治という仕掛けが基本的に連綿として存続していて、そこには古代以来かならず貧富、貴賤、善悪、哀楽、愛憎などかわることのない人間的なありかたが存在している。そして、つねに、宗教的な意味をぬきにしても人間における《生老病死》が生の根源的なかたちであるから、これらにまつわるあらゆる日常的なできごとのなかで生きている。それが「生活」であることはわざわざ断るまでもない。けれども、そのなかに、政治の黒い手が時間を超越しながらはたらいている事実も明白にして忘却できないものである。再説するまでもなく、死を背後にたずさえた圧倒的な黒々とぬりこめられた虚無の空間が、権力と支配の諸形態であろう。

あえていえば、権力はもともと空洞である。にもかかわらず、千差万別であるとしても、権力のよそおう衣装は過度に華々しい。そのきらびやかな外見において人々は幻惑される。権力は富や権威、安楽や貪欲、あるいは淫欲、殺人、虚偽などを禁じた宗教的な諸戒律をなんの痛みも反省もなく破るための力をふるうのを巧妙に隠蔽するので、人々は権力の悪辣な現象学を見逃してしまう。

権力組織は、かならずその群れとしての官僚組織、軍隊、情報機関、警察、裁判所、監獄、強制収容所などを随伴させている。何も実体がないにもかかわらず、ある悪辣な弾圧法制や民衆の表現や報道の自由、人権・生存権を侵すための法律をでっちあげるのである。いいかえれば、権力組織はそれらに敵対する組織を壊滅させるためには、普段からスパイ組織、情報機関、秘密警察などを機能させつづけているのである。民衆にたいするこのような抑圧において、なにか鞏固な壁のごときものが立ち塞がっているように思われるが、しかしじつは、その中身は空洞にすぎない。これまでの歴史的推移を検証すると、なにかおおくの人々を震撼させるような出来事がおこると、さまざまな権力機構の数々が突然に雲散霧消してしまうことによくしめされている。

日常的に無防備な民衆のうえに災難がふりかかるのは、権力がつねに濫用されるからであろう。おおくの民衆が日常生活上の不満や抑圧にたいする抵抗をなすときには、さらに強圧的な弾圧の力が雨あられとふりかかってくるからにほかならない。権力組織は反対者にたいしてかならず強大な力をふるう。それが支配組織から除外されたおおくの無辜の人々を痛めつけ、抑圧し、殺してしまうから、巨大なおそるべきなにかとして機能しているということができよう。権力擁護のために動きだすから、暗黒な巨大な掌をもったなにかがあるごとくに感じられるにすぎない。

わたし達がこころしなければならないのは、権力がこのような黒々とした死、抑圧的な支配、魂まで傷つける悪魔的な手をもっていることをつねに認知していなければならないということである。そして、権力の悪魔的な本質を頭にたたきこんでいるとして、現実のそれにどのように対峙するのか、この点にも留意しつづけねばならない。

一九四五年の敗戦以来の昭和、平成は、旧日本帝国憲法を廃棄して日本国憲法を獲得してから、まだたった七〇年すこししかつづいていない。そのなかでもさまざまな変遷があり、社会・経済生活などは改善されているものも少なくない。憲法の保障している生存権、基本的人権、表現の自由などのさまざまな権利が、しかしながら、侵害されつつあるのも、これまで書いてきたとおりである。

この状況を打開するためには、ひとつの巨視的な歴史的・現実的な省察と未来的な展望が要求されているといえるのである。つまり、敗戦後の歴史的な時間とその累積の実態を克明に省察しつつ、憲法や法律などが改悪されている諸点があるとすれば、現在どのようなあり方がもとめられているかということを明晰な見通しのもとに提示することが必要であろう。ということは、現代の社会・世界をどのように変えていくかという展望を示さなければならないのである。「権力の墓場は、階級制の墓場と並んでいる」という埴谷雄高の示唆を、どのように眼前に髣髴たらしめていくかということにほかなるまい。

権力の墓場は、あえて比喩的にいうならば、国家の墓場と肩を並べているということができそうである。いや、それこそが歴史的展望のもとで現実のものとされなければならないとあえていいたい。つまり、日本の近・現代史ばかりでなく、古代史からの観点も援用しながら、日本人とはなにか、日本の歴史とはどのようなものであるか、真剣に省察しなければならない。このことは本随感の冒頭数ページで記したようなさまざまな歴史を反転させ、人間の真実をないがしろにしかねない政治が行われているからこそ、ますます急務の解明課題として設定されなければなるまい。

ところで、現在、このような論点などは論文や書物のかたちであまり目にしたり、耳にきかないことなのである。けれども、現在の日本の社会的・政治的な状況を深いそこから救いあげるためには、国家の問題と国際連合などの国際間の創造的な諸問題をあわせて考察しなければならないであろう。

それは同時に、国家間の戦争や諸民族間の紛争、貧困や虐待や差別などの解消にむけてのとりくみが、権力の廃棄、国家の廃絶などとどのように連動しうるか、慎重に、深い思索においてなしとげられなければならぬことを示唆している。

およそ右に記したことは、困難きわまりないことではあるまいか。現代の文学・芸術・思想・存在のあり方などの考究は、臆測するに、そのような方向を見ていないように感じられる。わたしは現代的な不安と危機について随感録でも書いたのであるが、その不安や危機の淵源は、これまで検討してきたさまざまな事柄と地下茎のごとくに錯綜しながら繋がりあっている。わたしの判断する現代的な思潮や方向性が意にそわないものであるにしても、そうであるからこそ、未来的な喫緊の解明課題として高く掲げ、それに一歩ずつでも接近していくべき目標のひとつだということができるのではあるまいか。わたしの求める新しい人間関係の構築や現在の歪んだ社会的な状況やあり方の変革の意志こそ、もっとも大切なものだと主張する所以にほかならない。

付録

文学の力について

――文学は何をなし得るか

これから「文学の力について」という題目で話していきます。本年度でわたしは七〇歳定年になりますが、最終講義はしないつもりですので、学生諸君にも、また卒業生の方にも解っていただけるような内容・テーマで考察したいと思います。

わたし達は現在まだ一種の思考停止状態に陥っている感があります。二〇一一年三月一一日にこれまで体験したことのない恐るべき東北・北関東太平洋沿岸を中心とする自然災害――マグニチュード九超、震度七という大地震、その後二〇メートルを超える大津波――に襲われたためです。それに加えて、福島県に設置された東京電力福島第一原子力発電所も地震と大津波に襲われ、原子炉の安全維持機能が損壊して炉心が溶融するという大事故が発生しました。その翌日に原発施設で水素爆発を誘発し、広島の原子爆弾の数倍以上のセシウムを始めとする危険な各種放射線を大気中に散乱させ、また大量の汚染水を東京電力は海に放流して太平洋を汚染しました。日本政府とその関連団体、東京電力等は、重大な情報を隠蔽し、被害予測の無知を糊塗して、危険な初期対応をまったく無効にしました。また解決のための方法も機器等も十分に有しておらず、被害程度も精確に把握できないために、現在もなすすべもなく広大な地域に甚大な被害を拡大させています。

このような衝撃的な惨状のなかで、わたし達が携わっている「文学」は人々を苦しめ悲嘆のどん底に落としている大災害後の現状について何事か適切な表現をなし、人々に自己自身や状況を判読する力や生きていく力を微力であれ提示できるのか、と問われています。つまり、多くの死者を抱えながら生きること自体が困難な人々や壊滅的な状況のなかで、文学や芸術は何事か示唆的で有益な方向性を明示できるのか、ともきびしく迫られています。それは一種の極限的状況のなかでの文学的・人間的な模索であります。わたし達は自らを省みて、自らに懐疑を抱き無力感に陥らざるをえません。

今日は、文学の力や表現の基本的な問題を検討するため、幾らかの手続きを踏んでいきたいと思います。まず表現方法としての記録、虚構の可能性の問題を考察していきたい。次に、それを基盤にして文学・芸術の用・無用、有益・無益、意味・無意味等の問題について論を進めます。そうすると、一定の見通しや考え方を得ることができるはずです。その認識の上で、結論的に文学の力はどのようなものであり、人間や世界についての未知や将来的な展開にむけてどのようになすべきか予示できうるのではないかと考えています。

最初に〈記録〉文学について考えます。その基本的なあり方やその恐るべき力を武田泰淳の『司馬遷』で瞥見し、その上で、大岡昇平の『レイテ戦記』で太平洋戦争・レイテ沖とその周辺海域における海戦の記録、吉村昭の『三陸海岸大津波』で三陸海岸における明治二九年と昭和八年の大津波の状況、若松丈太郎の『福島原発難民』で福島原子力発電所事故による災害の様相を把握していきたいと思います。

武田泰淳は、戦後文学者で大雑把にいって、社会変革としての社会主義、中国の問題、仏教（宗教・僧侶）とは何か、戦争と戦争体験のあり方など四つほどのモチーフを複雑な回路を設定しながら生涯かけて追究しつづけた作家です。彼は二五歳・昭和一二年に日中戦争が勃発しますと、徴兵され、中国戦線に派遣されます。それまでに家が浄土宗の僧侶の家であるために僧侶の資格を取っていましたし、旧制浦和高校時代には左翼運動のために逮捕されたり、東大で竹内好、増田渉などと当代中国文学研究に携わっていました。中国と中国現代文学に親炙し、また僧侶であるものが殺人のともなう兵士として大陸に渡るという背理に直面しました。このような体験をもとに、彼は、再び徴兵されるかもしれないという危惧もあり、中国大陸でその後の戦争の推移を把握しようと上海に渡りました。しかし、どうなるかは解らないという不安から、彼はたまたま執筆を依頼された『司馬遷』を、一種の遺書として書き残したといえます。その書のなかで、彼は右に記したさまざまな省察課題を司馬遷の生涯とその業績に仮託しながら書き進めました。「記録」について端的に記しています。

「歴史家は無為である。また為さざること無し、とも言える」と書き改めてみよう。歴史家はただ、記録するのみである。ただ記録すること、それのみによって、他のことはなさぬ。しかし彼は、記録によって、あらゆる事をなすのである。歴史家は、為さざること無し、でなければならぬ。何故ならば、彼は万物の情を究め、万物の主となるのであるから。歴史家の「無為自然」は、記録である。彼自身による記録である。彼は、彼自身による、きびしき記録のために、無為自然のままに書かねばならぬ。それによって、あらゆる事をなすがために。

（『司馬遷』昭和一八年四月）

武田泰淳は記録という概念にかかれ独自の役割をもたせることで史記的世界を構想することができました。この「記録」は恐るべき表現の力をもったものだといえます。

大岡昇平は敗戦まであと一年二ヶ月ほどの昭和一九年、三五歳のとき招集され、戦争の帰趨がほぼ見えた時期に激戦の地、フィリピン諸島のミンドロ島に派遣されました。ハワイから米国機動艦隊が日本めがけて西進し、オーストラリアからマッカーサーの艦隊が北上する交点にレイテ島などは位置していて、帝国空陸海軍最後の激戦地となり、日本の敗戦が明白になった戦闘です。召集前、彼は会社に勤めるかたわらスタンダールの研究者として仕事を始め、小林秀雄などに教わりながら文学研究を深めていた時期です。だが、彼はミンドロ島で捕虜になり、レイテ島の俘虜収容所に収監されます。ミンドロ島での捕虜体験は、「捉まるまで」に、そしてレイテ島に設置された俘虜収容所に収監された後のことを含めた全体を『俘虜記』としてまとめました。同時に彼は一つの極限状況として戦場での人肉嗜食を扱った『野火』、復員兵士の苦悩と姦通を書いた『武蔵野夫人』等の秀作を書き進めましたが、かつての戦場での戦死者、思い屈していた戦友のことを思い、ミンドロ島の戦跡を訪問したり、史料を徹底的に蒐集して、ついに『レイテ戦記』を書く決断をします。これは戦記であるとともに、小説としても優れた作品であり、大岡昇平の代表作といえます。その結末に彼は記します。

国家と資本家の利益のために、無益な国民の血がそこで流された。日本国民は強いられた戦いにおいて、その民族的な国家観念と、動物的な自衛本能によって、困難に堪え、苛酷な死を選んだ。軍隊が敗北という事態に直面する時、司令官から一兵卒に到るまで、人間を捲き込む悪徳と矛盾にも拘らずよく戦ったのである。(中略)

レイテ島の戦闘の歴史は、健忘症の日米国民に、他人の土地で儲けようとする時、どういう目に遭うかを示している。それだけではなく、どんな害をその土地に及ぼすものであるかも示している。その害が結局自分の身に撥ね返って来ることを示している。死者の証言は多面的である。レイテ島の土はその声を聞こうとする者には聞える声で、語り続けているのである。

(『レイテ戦記』昭和四九年一一月改訂版、中央公論社刊)

大岡昇平は、この戦場で戦死した八万人近くにもおよぶ将兵たちにレクイエムを捧げたといえます。彼はアメリカで戦史が公開されるたびに、内容を改訂し、何度も版を改めています。

それほどこの作品世界を厳しく凝視し省察しつづけました。この戦闘で初めて採用された特攻作戦、戦争遂行能力、戦闘形態、特に将兵の行動の分析などを通して、彼が主張したかったのは、日清戦争からはじまり太平洋戦争までつづいた近代日本の戦争に集約される人間観、文化、国家観、精神のあり方、思考・行動様式などにおいて、日本とは何か、日本人とは何か、日本近代の秘められた諸問題等を考察したのだといえます。

武田泰淳、大岡昇平の文章は記録の本質論、小説として優れています。ところで、三月一一日以降、地震、津波、原発事故等についてのさまざまな文章があります。まず、それ以前に書かれた記録として、吉村昭の『三陸海岸大津波』を見ておきます。原題は『海の壁』といいますが、明治二九年と昭和八年に三陸海岸を襲った大津波等の記録です。

明治二十九年の大津波以来、昭和八年の大津波、昭和三十五年のチリ地震津波、昭和四十三年の十勝沖地震津波等を経験した岩手県田野畑村の早野幸太郎氏（八十七歳）の言葉は、私に印象深いものとして残っている。

早野氏は、言った。

「津波は、時世が変ってもなくならない、必ず今後も襲ってくる。しかし、今の人たちは色々な方法で十分警戒しているから、死ぬ人はめったにないと思う」

この言葉は、すさまじい幾つかの津波を体験してきた人のものだけに重みがある。

私は、津波の歴史を知ったことによって一層三陸海岸に対する愛着を深めている。

(『三陸海岸大津波』、原題『海の壁』、昭和四五年七月、中央公論社刊)

吉村昭は、私小説作家として多くの小説を書く一方で、『関東大震災』や太平洋戦争の将兵や部隊の記録なども広く書いています。『三陸海岸大津波』は被災した人々に寄り添いながら人間と自然の関係を陰影鮮やかに描いて記録として卓越したものがあります。また、人智の及ばない自然の大きな力などを逆説的に描出していて、後世に大きな示唆を残しているともいえます。

広島・長崎の原爆被爆体験を有する日本では、それに関する多くの小説・記録などをもっています。また、一九五〇年代中頃から原子力発電の開発に手がつけられ、原発が設置され始めた七〇年代から、その本質的危険性や事故が発生した際の対処の不可能性などのため反対運動などがおこっていました。しかし、それらは徹底的に弾圧され、原発設置予定地の住民や科学者、支援した人々や弁護士などは圧倒的な権力、裁判所、体制的思想の前で多くの挫折を味わってきたのも事実です。そのなかで幾らか著書も発刊されましたが、若松丈太郎の『福島原発難民』は、福島での原子力発電所設置が問題になった頃から、その政策の虚偽性や危険性などについて警告しつづけた文章が編纂されたものです。わたしが高校教員をしていたこの人を知ったのは、二〇〇〇年に福島県小高町（現・南相馬市）に「埴谷島尾記念文学資料館」が設立された際、中心的に努力した人だからです。

一九九四年にチェルノブイリを訪ねた経験をもとに、連詩「かなしみの土地」を書き、原発難民となった人々の思いを代弁したつもりだった。しかし、そのとき彼らの思いだと思っていたものは現在の自分の思いそのものであるという現実のなかに、わたしは置かれている。予測が適中することは、一般的にはうれしいという感情につながることが多い。しかし、危惧したことが現実になったいま、わたしの腸は煮えくりかえって、収まることがないのだ。なぜなら、この事態が、天災ではなく、人災であり企業災であるからだ。

（『福島原発難民』平成二三年五月、コールサック社刊）

人災・企業災として告発した若松丈太郎は詩人でもあり、連詩「悲しみの土地」のなかに

「神隠しされた街」という象徴的な詩を書いています。部分を引用するので解り辛いですが、チェルノブイリが福島の惨禍と二重写しになっています。「四万五千の人びとが二時間のあいだに消えた／サッカーゲームが終わって競技場から立ち去った／のではない（中略）小高町いわき市北部／そして私の住む原町市がふくまれる／こちらもあわせて約十五万人／私たちが消えるべき先はどこか（中略）肺は核種のまじった空気をとりこんだにちがいない／神隠しの街は地上にいっそうふえるにちがいない」と。長い詩ですが、本文にあるように、「予測が適中」しているのです。また、「埴谷島尾記念文学資料館」は、原発爆発のために立入禁止区域となっていて、外部からは展示物の散乱などが確認できるだけのようですし、東北地方の博物館、美術館、図書館などの被害も甚大のようです。

右に考察した記録文学、詩などは文学として優れた表現を獲得しています。それと同時に、直截現実的事実などに基づきながら記録された作品ばかりではなく、文学の力を考えるということでは、二番目に「虚構」の方法についても一瞥し、作品創造のために不可欠な観点を再考しておきたいと思います。『鷹』『修羅』『至福千年』『狂風記』など見事な虚構世界を創出した石川淳はその評論で次のような認識を披瀝しています。

作者はもう考へることの空虚さに堪へられなくなつて、精神の努力の線よりほかに身の置きどころはないと、遺瀬なくさとつたけしきである。あとは発明すること以外に何の仕事もない。生活力とは前途の空虚なる空間を刻刻に充実させて行く精神力のことである。その精神力の作用として、日日の営みをしたり、文章を書いたり、いろいろなことをする。それらはみな世界像の一部を形成するところの、今日の現実の上での出来事に相違ない。ただ刻下の現実の相よりほんのすこし速く、一秒の一千万分の一をいくつにも割つた一つぐらゐ速く、空虚なる空間を充実させようとする精神の努力を小説だと、ここでたつた一度だけ考へておく。

（『森鷗外』昭和一六年一二月、三笠書房刊）

石川淳の「刻下の現実の相よりほんのすこし速く、一秒の一千万分の一をいくつにも割つた一つぐらゐ速く、空虚なる空間を充実させようとする精神の努力」により、わたし達が二〇一一年の刻下の現実を表現できるならば、散文における新しい苦悩と不安に満ちた生の「発明」をすることができるでしょう。石川淳は右にあげた作品等で文字通り一つの歴史的現実のなかで新しい生と人間のかたちをもとめて闘う精神を活写していました。

埴谷雄高は『不合理ゆえに吾信ず』『闇のなかの黒い馬』『死霊』等の作家として畏敬されて

きた作家です。埴谷雄高の次の評論は、文学・芸術の基本的な考え方を提示したものであり、わたし達に表現対象と表現方法の一端を開示しているといえます。

私自身は或るエッセイで、政治を政治たらしめている基本的な支柱は、第一に階級対立、第二に絶えざる現在との関係、第三に自身の知らない他のことのみに関心をもち熱烈に論ずる態度である、と書いたことがあるが、これに即応していえば、芸術を芸術たらしめている基本的支柱は、第一に王侯も乞食も貴婦人も娼婦も同一に見るいわば神に似た視点、第二に絶えざる非現在との関係、換言すればいかなる芸術作品もそれぞれ十年後、百年後の生命をもとうと欲すること、第三にただ自身の見知つており洞察し得たことのみからひたすら出発する態度である、とこの世界に対するかの反世界のごとくにまつたく逆に言い現わすことができる。

(「悲劇の肖像画」、『人間と政治』昭和三六年一〇月、有斐閣刊)

埴谷雄高は夢を考察した右と同年の文章「不可能性の作家」で、「客観的な対応物のまつたくないもの、いつてみれば、これまでも嘗てなく、また、これからも決してないだろうところのものだけを扱う《不可能性の作家》にまでついに至らなければやまない」という認識も語っていて、虚構の文学や未知のものに挑戦する作品を考える際に、いささか極端な論理だと思われる憾がないわけではありませんが、超越的な現実性を渇望する文学・芸術のありようも示唆しています。石川淳、埴谷雄高ともに複雑な虚構の文学世界を現実の一精神世界のあり方として提示し、文学の大きな力を開示した作家でした。

記録文学などとして制作され、また虚構小説などとして創造された作品は、さて、読者や時間・歴史から厳しい価値評価の目にさらされることになります。そこで、三番目の検討課題として文学・芸術の有効性・無効性ということに目を転じていきたい。三月一一日以降の文学的動向などを見ていますと、文学、学問、芸術などはどれだけ現実に拮抗できるのか、世界・現実に対して何か寄与しうることがあるのか、といった懐疑に多くの人がとらわれています。それが直ちにその用・無用、有効・無効などの議論にも及んでいるといえます。随分以前の論争になりますが、典型的な解明課題としてフランスのJ・P・サルトルの提起した、二〇億人の飢えた子供がいる時に文学は果して有効か、という問いを考察しましょう。大江健三郎のサルトル認識と自己認識とを同時に引用しておきます。

（サルトルはいう——引用者注）……飢えた世界で文学がなにを意味するか。道徳がそうであるように、文学もまた普遍的である必要がある。したがって作家が、すべての人間にむかって話しかけ、すべての人間によって読まれることを望むなら、かれは大多数の人間の側、飢えている二十億の人間の側に立たねばならない。（中略）

……作家が飢えている二十億のために書くことができない限り、かれは不安な気分になやまされるはずだ。私が作家に求めるのは、現実と、存在する基本的な問題を無視しないことである。（中略）

（ぼく＝大江健三郎――引用者注）ぼくは、《飢えた子供がいる時に……》という考え方の極に定住することはできないし、個人的な自己救済の極に定住することもできない。そのあいだをつねにフリコ運動しているという感覚が、ぼくにとってもっとも普通な、作家としての職業の感覚だ。

（「飢えて死ぬ子供の前で文学は有効か？」、「朝日ジャーナル」昭和三九年八月）

サルトルの発問は実践的な理性にとっては、二つの課題を同時に解決できるか否かを突きつけるもので、それ自体人道的な観点から解らないわけではないのですが、文学・芸術に対してはいささか性急な問いかけだといえなくはありません。断るまでもなく、これに対してクロード・シモンなど当時の若いフランスの作家・批評家などから多くの反論・批判がでてきたのです。わたしもサルトルの問いかけ方が文学・芸術の現実的功利性や実利性に即しすぎた欲求であり、彼自身の優れた『嘔吐』を自己否定するなどいささか一面的であり、文学の本質と相容れない面をふくんだものだと考えています。

厳しい現実対応の問題とはまた別に、わたし達は文学・学問の有する本質的な意味・価値等を確認しておく必要があります。森鷗外は次のように的確に表現しています。

学問はこれを身に体し、これを事に措いて、始て用をなすものである。否《しからざ》るものは死学問である。これは世間普通の見解である。しかし学芸を研鑽して造詣の深きを致さんとするものは、必ずしも直ちにこれを身に体せようとはしない。必ずしも径《ただ》ちにこれを事に措かうとはしない。その矻々《こつこつ》として年を閲する間には、心頭姑《しばら》く用と無用とを度外に置いてゐる。大いなる功績は此の如くにして始て贏《か》ち得らるゝものである。

この用無用を問はざる期間は、啻《ただ》に年を閲するのみでは無い。或は生を終るに至るかも知れない。或は生を累《かさ》ぬるに至るかも知れない。そして此期間に於ては、学問の生活と時務の要求とが截然として二をなしてゐる。

（「澀江抽齋」、「東京日日新聞」他、大正五年一月〜五月）

森鷗外の見識は文学・芸術・学問などの根本を貫いたものだといえましょう。わたし達は学問を身に体したり、事においたりしないし、「用と無用とを度外」におき、また学問生活で真理・真実などを追究しはじめると、生を終わったり、生を重ねなければならないと覚悟せざるをえないと思うこともないわけではありません。現実と理想、当為と必然などのあいだで絶えず葛藤しつづけてきたとも言いえましょう。

最後に四番目の検討課題に移っていきます。これまで触れてきました、記録の力、虚構の可能性、文学・学問の用・不用、意味・無意味などをうけて、それではどのようにすべきなのか、という点に目を転じたいと思います。断るまでもなく、これらはすでに検討したことで一定の見通しとなすべき方向は示唆されています。それを明確にするためにも、さらに異なった視点から見ていくことにしましょう。わたしの文章を引用して大変恐縮ですが、まずその要点を整理しながら、考えを展開していきたいと思います。

彼（引用者注・ドストエフスキィ）はこのような見通しがたい世紀に対して、逆説的な意味で、もっとも重要な叡智を示す予言者となりうるはずである。人類は、いわゆる質的逓減の法則にのっとって、小ぶりになり、かつどんどんと矮小化されつつあるような気がする。世界の指導者といわれる者達を見ると疑うことができない。科学の「進歩」をささえるもの達もどうであろうか。彼はこのような厳しい歴史的・世界的見通しに警告を発したのである。（中略）生死の肝腎な機縁を左右する劇薬こそ、服用を工夫することによって、新しい人類の叡智を蘇生させるための「いのちの泉」に逆転する何かにほかならないであろう。

未知に取りまかれたわたし達の精神の努力はここからはじまる。（中略）わたし達がいまだ十全に判読も謎ときもできない未来の「ドストエフスキィという標的」にむかっての積極的な想起は、わたし達が取りまかれているさまざまな性質の未知の闇に一点の明るい燭光をさしかけてくれるものとなるはずである。

（『ドストエフスキィの〈世界意識〉』平成二二年一一月、深夜叢書社刊）

わたしの指摘したかったことの一つは、日本・世界における文学・芸術、科学、政治、経済、文化などを支えている人々の「質的逓減」の目に見える進展であります。劣悪化が進んでいます。それを日の下にさらしたのが、今度の東京電力福島第一原子力発電所の大事故です。あくまでも原子力や放射線防御学や核問題が中心ですが、それに加えますと地震学、地球物理学、医学、環境論などが包摂され、日常的現実的な電力が介在しているために、政治、経済、社会、歴史などがその範囲のなかに入ってくるといえます。

わたしは皮肉をこめていいたいのですが、いわゆる「御用学者」という言葉は死語になったのではないか、少なくとも成熟した社会では、逆説的な意味で、御用学者的なものが多すぎてあまり表面化しないものだと錯覚していました。しかし、これだけ「犯罪」的ともいえる御用学者が多すぎて溢れかえっている現況には怒りを通り越して、唖然とするほどでありましたし、現在もそうです。元来権力に取り入る学者などは多くいすぎて、侮蔑をもって遇するしかありませんが、膨大な害毒を流すということになりますと、座視しておけない気分になります。彼等はこれまで原子力平和利用の名の下に、原子力発電所を五四基も建設し、経済の発展、原子力利用の安全確保に資するための学問的高度化を推進するとして莫大な研究費を乱費してきただけだと思います。ただ、巧妙に運営していたために、その実態は闇のなかに隠蔽されていました。学界、政治、経済、官僚、マスコミなどが周到な網の目を張り巡らしていて、その大本を明らかにできない仕組み、組織を造りあげていたといえましょう。これは醜劣な犯罪的五つの環と呼びたいほどであります。

このような風潮のなかでも、数少ない良心的な学者は率直に発言していました。ここで梅原猛のコラムの記事を取りあげるのは、批判的な目的となりますので、いささか適切ではないように見えますが、他の人でこれほど解りやすいかたちで事実の経過と個人の対応を明らかにした人は寡聞にして知らないため、あえて触れていきます。

たしかに私は一九九六年にこの欄で、原発は三十年かけて廃止すべきであると論じ、一九九九年と二〇〇二年に同様の主張をつづけた。とすれば、今回の事故で不幸にして私の予言は的中し、私には先見の明があったということになるが、私はそれをある種の深い自省の心で振り返らざるを得ないのである。（中略、改行なし）私は東京電力の社長、会長を務め、経団連の会長も務めた故平岩外四氏と同郷であり、かなり親しかった。（中略、改行なし）また私が初代所長を務めた国際日本文化研究センターを援助する国際日本文化研究交流財団の理事長に関西電力の社長、会長を務めた小林庄一郎氏が就任してくださった。小林氏はこの財団の設立に献身的ともいうべき貢献をされた。たとえば国際研究集会にレヴィ＝ストロースなどの超一流の学者を招いた際、公費だけではとてもその費用がまかなえなかった。小林氏のおかげで財団には十分な寄付金が寄せられたが（以下略）

（「思うままに」、「東京新聞」二〇一一年五月二日夕刊）

梅原猛は世話になった人のことを考えると、「私の反原発の筆は鈍らざるを得なかったが、今はそれを後悔しているのである」と述懐し、また「今回の災害は人災であるとともに文明災である」と判断した。後者の判断には、違和感を抱くがそれはここでは措き、前者の「後悔」は、梅原猛だから素直な思いを記したと考えられます。東電の原子力発電所の大事故以来、新聞、週刊誌、テレビ、インターネット、著書などで、こういう「後悔」の気持ちを明快に語ったのは、珍しいことではなかったかと思います。動力試験炉で原発が始まって五〇年近く前以来、さまざまな原子力問題の位相でそれらに反対していた数少ない人たちはともかく、右にあげた醜劣な五つの環は十全に機能して、安全神話が造りあげられてきたことは再説するまでもありません。さまざまな手段を駆使し、巡りめぐって五つの環の多くに「贈収賄」といってもよい類の資金が流れていることも断るまでもありません。学問世界に限っていっても、梅原猛のようかたちでの資金環流はいささか問題があるとはいえ、それ以上に虚偽と頽廃しかもたらさなかった原子力関係の学界、教授・研究者、研究所などに莫大な研究費、研究補助金などの名で資金が何十億円の単位でばらまかれていることなど今更いっても腹立たしいばかりのものであります。

滑稽で悲惨な例を東大と京大に限定し、あえて実名をあげておきます。東大に工学部原子力工学科が設置され、一九六四年に第一期生として卒業し、博士課程を修了するとともに医学部の助手になった安斎育郎という人がいます。この人は、一九七二年に日本学術会議第一回原発問題シンポジウムで基調演説をしていますから、学者としてもしっかりした人だといえます。けれども、その研究姿勢から安斎氏は大学で研究者として正当に処遇されなく、結局、八六年に立命館大学の経済学部に移籍しています。京大には、小出裕章と今中哲二という「京都大学原子炉実験所」に属する研究者がいます。この二人とも、その著書、論文、活動、発言などを見ますと、しっかりした学者であると判断できます。しかし、反原発ないしは原子力のあり方に批判・懐疑的であるため、二人とも六〇歳を超えているにもかかわらず、三〇数年間も助教(助手)のままに据え置かれています。いわゆるアカデミック・ハラスメントの典型と見なしてよいものだと思われます。

このような愚昧なことが学問世界のあちこちで発生しつづけている。それでは、文学として、学術(文学)研究としてどのように対処しなければならないか、ということが問われているはずです。今日話しました作家達、たとえば武田泰淳は「記録によって、あらゆる事をなすのである」と荘重にいいました。大岡昇平は、「レイテ島の土はその声を聞こうとする者には聞える声で、語り続けているのである」と目に見えない者達における真実の声の重さを啓示したのです。森鷗外は「用と無用とを度外に置いて」生涯、あるいは次代の人へと手渡して学芸を研鑽しなければならないと的確に宣言しました。埴谷雄高は文学者は「王侯も乞食も貴婦人も娼婦も同一に見るいわば神に似た視点」を有して、「十年後、百年後の生命をもとうと欲すること」などという考えを言表し、文学の力の作用する圏域を暗示しています。いささか極端だとはいえ、《不可能性の作家》という稀有なあり方をも示唆しておりました。大江健三郎はサルトルが自著の『嘔吐』は無力であるというのに対して、文学の現実的有効性と無効性の両端を往復する苦闘を語っていました。また石川淳は「刻下の現実の相よりほんのすこし速く（中略）空虚なる空間を充実させようとする精神の努力」を小説だととらえ、そのような表現世界を目指すことの重要性について述べておりました。

諸作家の貴重な文学・芸術・研究についての言葉は、わたしが「新しい人類の叡智を蘇生させるための『いのちの泉』」と呼んだ根源的生命創出の地点へ一歩でも近づいていく努力に連続しているといいうるでしょう。いいかえますと、ドストエフスキイという作家が表現した厖大な人間的・文学的・世界論的な真実の累積——これを「未来の『ドストエフスキィという標的』」を射貫こうとすることと呼んでおきます——にむかって一歩一歩接近することだとも考えられます。同時にこれをわたしは文学・芸術に要請されている「森羅万象」に注ぐ眼差しであり、そこに秘められている謎めいた真実を解き明かすことだといいたいのであります。これがすなわち、《文学の力》にほかならないのです。わたし達は想像力や創造的な発想により、いまだ未知の闇に隠された現実の諸相や人間の新しいあり方に光を当てていかねばならないでしょう。三月一一日以降、このような精神的努力はさらに緻密に飛躍的に構想されなければならないといいうると思います。

自己鞭撻といった感じで講演を終わりたいと思います。今日は梅雨明けしたということですが、あまり時間がなくて、いささか暑苦しいことなどを解りやすく話せなかったのではないかと思いますが、ご静聴くださいまして、ありがとうございました。

あとがきに代えて

本書の随感録は個人雑誌「星雲」に連載した文章である。「星雲」の「創刊にあたって」という小欄でつぎのように感じたままに書くことの意味を記した。「文字通り日常の出来事に対する感想、ある事柄の奥にひそんでいる隠された意図や疑問、懐疑、批判などをふくめて、どのような対象であれ随意に書きとめておきたいとおもっている」。「刻下の現実のこと、夢想、妄念なども書き連ねられるであろう」とも書きとめた。けれども、広範な対象を深くよみとることによって奥深くに隠されたものなどを尖鋭なかたちで表面化しつつ書きすすめることができなかった。このような形式での文章はさまざまな人が書いているが、どのような発見・発明がそのなかにあるかが問われることになるであろう。いわば、さまざまな対象を見たり感じたりする角度や書き方が重要である。新鮮で思いがけない局面が明らかになったり、闇に隠されたものに日があてられるということが大切だということにもなろう。

ところで、これまでほんの僅かしか随感の文章を書いてこなかったが、なぜか。

基本的には、現在の文学作品に違和感をいだいていることが原因となっている。小説などの言葉遣い、文体、テーマ、構成、想像力のはたらかせ方などについて共感できるものが少ないのである。また我慢して批判的に読んでも、その批判自体を書く過程が楽しい作品などがなかなか見あたらない。手にとって読みすすめてみようとしても、どうしても、読みすすめない。無理して読んでみても、時間を浪費している感じが強く、もったいないという思いがつよく働くのである。そのため、自分の親しんできた諸作品に眼がうつり、充実した読書体験が可能な書物を選んでしまうのである。日本や外国の小説や評論、哲学書などを読むことは楽しみだとしても、それについて書くのは、あるいは随感として書きとめておくということになれば、それほど相応しくないように感じられる。わたしの弛緩した感受性を目覚ませてくれるようなすぐれた文章になんとか出会いたいものだと望んでいるのであるが、近年、そういう体験が稀薄なのである。

さらに悪いことがある。それは社会的、政治的な事象にかんすることである。二〇一五年から一六年にかけての世相を振りかえってみるに、それ以前の数年間のいかがわしい動きをうけて、権力者の側においてあまりにも無法な動きが頻発しているからである。権力とは本来からして無法で抑圧的なものだといってしまえば、話がつづかない。ともあれ、これらについて愚劣、醜悪、二枚舌、詐欺的言葉のいいかえ遊びなどにはじまり、じつにおおくの批判的な罵詈雑言がつぎつぎと思いうかび、あとにつらなってくるのである。それらについて率直に書いたりするのが腹立たしい。また、そういう愚劣なことを対象にして書くとなると、誌面がもったいないのである。そのために、書く前に、まずただひと言、こんな輩なぞとは同じ空気を吸いたくない、「天に向かって唾す」輩の害を受けたくはないという単純な嫌悪にみちた感想でおわってしまうからである。

ともかく、書くのも莫迦らしいかぎりの悪辣な法律や出来事がつづいている。例をあげるまでもなく、特定秘密保護法、それに関連した貴重な記録や資料などの廃棄、安全保障関連法による集団的自衛権の容認、海外派兵の合法化、大量破壊兵器の貯蔵の可能性、原子力発電所の再開、また原子力発電の海外への技術輸出、武器輸出三原則の歪曲により外国への武器輸出・売りこみの合法化、マイナンバー制度、大学の研究費として軍事的利用の転換可能なものへの援助の拡大、したがって高等教育の経費の削減などあげはじめると枚挙にいとまがない。これは権力機構の変革、国家予算の配分の徹底的な見直しがなされなければ改善されることはあるまい。

一七年現在ということならば、権力者とその取り巻きは人を寄せつけないよう腐臭に充ち満ちた言辞を弄しながら、何度も廃案になった共謀罪をテロ等準備罪とか組織犯罪処罰法とか名をかえて成立さすべく衆参両院で強行採決をくりかえしているのである。あまつさえ、プライバシー権と言論および表現の自由の保護に関する国際連合の特別報告者二人がそれぞれ個別に担当する案件についてきびしい警告を発している。一つはプライバシー保護の適切な仕組みの欠如、監視活動を事前に許可するための独立機関の設置が想定されていないことなどを指摘している。もう一つは、共謀罪と直接かかわらないが、言論と表現の自由にたいし、テレビ局などへの認可権などを振りかざして権力の独断による報道の萎縮をもたらすことがないこと、メディアにおける独立の深刻な脅威などにより表現や報道の自由などが阻害されることがないことなどを促している。このようなじつに封建的、独裁的、退嬰的な国家運営を暗に指摘しているのである。それに対して、権力者達は確信犯的に、また居丈高になって、笑うべきことに、逆に赤子が駄々をこねるごとく反論し、また国連に提出している法令等を尊重する旨の合意文書などを反故にするかのごとくの言いがかりを平気で喚き立てているのである。国連の当該理事会に報告され、日本の危機的状況が世界中に知れ渡るに相違ない。話柄が異なるが、天皇退位にかかわる問題、女性宮家、女系天皇の問題などについてもいい加減な対応に終始しているのである。天皇制とは何か、というむずかしい問題に論点がひろがることがない。歴史的にみても、憲法上からしてもおおきな問題にほかならないにもかかわらず、である。こうしたさまざまな点から「星雲」第二次Ⅳ号のために「権力について」という随感録・その五をかいたので、収録することにした。

ところで、戦前の治安維持法の猛威や戦争遂行のための国連軽視などの胎動がうかがわれ、既視感のつよい愚昧で悪辣を通り越した出来事がつぎつぎにこの雨漏りのする薄汚い小屋では生起しつづけているのである。皮肉なことに常任理事国にはなりたいのである。権力を守るためならば、反対する者を徹底的に弾圧する法律を手妻のごとくひねりだしつづけるのである。卑近な例だが、沖縄で、米軍の飛行場をつくりなおすための辺野古湾の埋めたてに反対する人を微罪にもかかわらず長期間拘留、弾圧することなどに端的にその犯罪性はあらわれている。

さて、わたしは大学在職中、役目としていくつかの新設学部設置の責任者の一人として対応したことがあった。遠くからであれ、獣医師を養成する獣医学部を申請している学校法人や関係者のあれこれのやり方を見聞きしていると、文科省もさることながら、権力者と権力を背景にした恥知らずな数々のやり口を繰りひろげている者たちにたいしても、開いた口がふさがらないというしかない。今のままではだれが聞いても、設置の必要な学部であることが了解されることなどまったくない。こんなことで、大学学部の設置が許可されるということなど、まず考えられないとすると、権力者の独断と自己保身のほかには思いつかない。

さらにくわえて、この者たちは、憲法、とくにその九条の改定をすすめるために、新たに暗躍をくりかえしはじめているのである。なにをか言わんや、ということばかりが日々起こりつづけているのである。冷静に文章を書きすすめるということが、こういう次第でなかなかできにくい状況のなかに投げこまれているという状態にほかならない。書きつづければ、うんざりするほど悪罵にちかい言葉を羅列することになるしかあるまい。

わたしは随感録その一で、テロリズムについて書いたおりに、フォークという人の「国家によるテロは非国家組織によるテロよりも市民にとって破壊的です」という考えを引用した。こういう独自な考え方を大事にしながらあたりを見回すと、国家によるテロリズムは、現在日本で生じている事態を鮮明にうつしだしているし、また外国のことでいえば、ロシア、中国、米国などでふるわれている手のこんだ一種の恐怖政治は、この警告をなぞるがごとく進行しているようにみなしうるはずである。

これらのことは、今後の随感録の素材になるであろうし、天皇制をふくめた問題も対象として書いていくことになるであろう。怒りをしずめて、本小冊子に収録した随感録の掲載年月等を記すことにする。

「随感録」の一〜四まではすべて新たに発刊した第二次「星雲」に掲載した文章である。掲載の年月はつぎの通りである。

・その一　「テロリズム」について（創刊号／二〇一五年九月発行）
・その二　戦後派文学者の卓抜な予見性（同右）
・その三　九月の《変革なき変革》（第二号／二〇一六年三月発行）
・その四　子供の貧困、虐待、凌辱、死——現代的不安と危機について（1）（第三号／二〇一六年一〇月発行）
・その五　権力について（第四号／二〇一七年一〇月発行）

・付録　文学の力について――文学は何をなし得るか

（「日本文學誌要」第八五号／二〇一二年三月発行）

「文学の力について」をすこし説明しておけば、「日本文學誌要」は法政大学文学部国文学会の学会誌で、この文章は、前年二〇一一年七月にわたしの七〇歳定年退職にあたっての講演をもとにまとめたものである。ちょうど、東日本太平洋沿岸の大津波による大災害と、東京電力福島第一原子力発電所の数基の原発が炉心溶融や水素爆発という甚大な人為的大被害を引きおこしてから間もなくの頃であった。文学や芸術が基本的にどのような力を内存していて、このような自然、人為的災害にどのようにたち向かうことができるか、真剣に問いかけられている時期であった。それにたいしてどのような方法や手段などが可能であるのか、すぐれた作家たちの表現や認識をできるだけ多くしめしながら、わたしの考え方を表現したものであった。随感録のモチーフとはいささか異なるが、重複するところもあり、また、随感録の総原稿枚数がすくないこともあって、付録として収録しておいた文章である。講演を基本にしてあたえられた枚数にするために簡約した。

随感録のその四の副題「現代的不安と危機について（1）」に（1）とあるが、本書では削除した。このモチーフでつづけて書く予定があるためである。収録するにあたって、文字などの校正ミスをなおしたり、引用の部分を一行空きにする程度で、それぞれの文章は社会的事象や歴史的時間において問題を扱っているため、本文には手を入れない方針で収録した。

わたしの上板した書物のうちで初めての新書版も、深夜叢書社の齋藤愼爾さん、装丁の髙林昭太さんの世話になった。感謝の思いを記すにとどめておきたい。

二〇一七年七月七日

著者

立石 伯《たていし・はく》

文芸評論家・作家。一九四一年八月、鳥取県生れ。法政大学大学院博士課程単位修得後中退。著書として作家論・作品論に『埴谷雄高の世界』『石川淳論』『ドストエフスキィの〈世界意識〉』等、小説に『朔風』『西行桜外伝』『玉かづら』等がある。

随感録　現実の感受法と熟視のために

二〇一七年十月三十日　初版発行

著　者　立石　伯
発行者　齋藤愼爾
発行所　深夜叢書社
郵便番号一三四—〇〇八七
東京都江戸川区清新町一—一—三四—六〇一
info@shinyasosho.com

印刷・製本　株式会社東京印書館

ISBN978-4-88032-441-8 C0095